rororo

Zu diesem Buch Das Dorfleben bietet reichlich Stoff für Überraschungen und Heimlichkeiten. Die Seewiesener verstellen sich schon das ganze Jahr über nicht, aber während der tollen Tage wollen sie erst recht so sein, wie sie immer sind. Nur Thea lügt bis Aschermittwoch.
«Ein Buch voll guter Laune.» (Klaus Harpprecht)

Annegret Held, geboren 1962 in Pottum im Westerwald, hat nach einem Engagement in einer lokalen Ökobewegung die andere Seite auf der Polizeischule Wiesbaden gesucht und war danach drei Jahre lang im Streifendienst in Darmstadt. Sie studierte Ethnologie und Kunstgeschichte in Heidelberg. Heute lebt sie als freie Schriftstellerin mit ihrer Tochter in Frankfurt. Veröffentlichungen: «Meine Nachtgestalten», «Mein Bruder sagt, du bist ein Bulle», «Mein Schatten, mein Echo und ich».

Annegret Held

Am Aschermittwoch ist alles vorbei

Roman

Rowohlt Taschenbuch Verlag

Veröffentlicht im Rowohlt Taschenbuch
Verlag GmbH, Reinbek bei Hamburg
November 1998

Umschlaggestaltung: G. Günther / W. Hellmann
Foto: TONY STONE IMAGES / Thomas J. Peterson
Gesamtherstellung Clausen & Bosse, Leck
Printed in Germany
ISBN 3 499 22445 3

Dieses Buch ist meinem
geliebten Heimatdorf gewidmet.

Jeder Versuch, Ähnlichkeiten mit lebenden Personen zu vermeiden, war von vorneherein sinnlos. Und hier eine Botschaft für die einzigen Menschen, die diese geheimnisvolle Sprache verstehen:

De Helft vu dem, wott hey stieht, es strack gelohe en erfonne. Ouwer eisch woll dott einfach gänn mol su verzille. En außerdem:

Eisch wollt känem off de Fois trere,
drem macht misch net zur Sau,
eisch soon auch nur noch aant jetz,
e kreftisch Seewies – Helau.

Heeeelau.

Annegret.

Das Dorf ist wild. Ein verwegenes, wildes Dorf. Das sieht man schon am hanebüchenen Gestrüpp, an den Säudisteln, am Sengnesselbusch, am spuckbitteren blauen Dornschlengergesträuch. Der Schatten steht hoch, die Scheunen sind leer, aber sie lassen das Gras auf dem Feld verdorren, niemand will schon ernten, sie träumen so sehr, daß sie von sich selber nicht gestört sein wollen.

Was sollte sich in dieser Landschaft tun? Es brausen keine Meere, es zeigt sich kein Gipfel, keine vieltausend Menschen sind hier, und kein anderes Land ist jemals auf sie zugekommen, nicht zum Streiten, nicht zum Stören. Nur kleine gelbe Schachtelhalme recken sich, die ringsumher vom Wind wie von einem Goldwäscher mal hin und her geschüttelt werden. Bald kommen sie um.

Es ist die Wilde-Watz-Gegend. Jeder, der hierherkommt, ist ein Watz, oder wenigstens kann er das Watzhafte in sich immer spüren, wenigstens ist er hier aufgewachsen, oder bei Andergeschwister-Kindern oder aber auf derselben Schossee lebt ein anderer großer Watz. Wer von hier kommt, hat einen Furz im Kopf.

Ich möchte sie alle am Leben halten, möchte sie immer herummarschieren sehen, Mehlbachs Minna, Hollefännes, den Klumpen, will sehen, wie sie auf der Erde herumstrompen, latschen, damit sie nicht das Leid kriegt. Ich wünsche mir, daß der Kirchhof noch lange nicht voll wird. Sie feiern hier das Leben mehr als den Tod. Sie feiern es wüst. Das ist in Watz-Gegenden so. Laß mich den kriegen, der einfach das Dorf verläßt, gottweißwohin geht, dreimal die Nase rümpft und sich nicht schämt, abfällige Litaneien zu singen über das Dorf. Der weise Watz, das sage ich dir, der bleibt im Dorf und schämt sich für die Litaneiensänger, denn er hat Besseres zu bieten als Häme, nämlich hochschäumende Wildheit und Freude über die liebe Welt.

Eine der wüsten Freuden hat einen Namen, sie nennt sich Helau. Helau kommt immer wieder, jedes Jahr. Es geht kein Jahr vorbei, ohne daß es laut im Dorf hallt, und es gibt kein besseres Wort dafür. Helau hat viel zu sagen hier, es stimmt merklich alle Leute für sich ein. Helau, das ist ein Glockenschlag, der läutet den Weg ein, und der Weg ist reichlich eingepappt von verregnetem Konfetti, von Bierdeckeln und Boafedern.

Helau fängt immer an mit irgendwas. Es hatte schon wieder was angefangen.

Drunten in Seewies. Beim Kammerpatt. Da, wo mal die Rommeln geblüht haben, und wo jetzt Müllerkolles Rosa ihr Haus hat, das war ein Haus daneben, in dem Haus war ein Zimmer, in dem Zimmer stand Ilsebill. Ilsebill, das mußte man sagen, war ein ruhiges Mädchen. Solange jedenfalls, wie man nichts von ihr wußte, war sie ein ruhiges Mädchen. Es konnte aber auch keiner etwas von ihr wissen, weil sie nichts sagte. Sie war von morgens bis abends in den Hollen, was in Seewies die Wolken sind. Deshalb dachte man lange, sie hätte nichts zu verkaufen, es wäre nichts los mit ihr. Sie schwenkte nur ihr langes Haar, sah einen mal an mit glänzigen Augen, aber dahinter war nichts, von dem man dachte, daß sie es einem sagen wollten, die Augen. Man mußte abwarten, ob oder wann sie aufwachen würde, denn das war eben noch nicht der Fall gewesen. Sie war in ihrem Leben eine Langschläferin. Keiner wußte aber, daß auch in ihr der Watz begraben lag, daß der keineswegs mehr schlief, sondern sie von innen schon aufrührig gemacht hatte, so daß in ihr die Kraft wuchs und die wilden Ideen, daß der Furz im Kopf sich schon gesetzt hatte und sie glücklich einem Bilde frönte, welches von außen keiner sah.

Das was sie sah, war nicht mehr als ein Tänzchen. Ziemlich schön und schlimm, da drehte sich etwas auf einer Bühne, und sie selber war es, die sich da oben um das eigene Lot bewegte. Das war für ihre Unbeweglichkeit schon viel gedacht, aber bis der Körper nachrücken konnte, da würde wohl etwas Zeit vergehen, da mischte sich erst mal die Starre mit dem Wunsch, und bis die Mixtur geglückt sein würde, das dauerte gewiß noch. Ilsebill sah auch schon die vielen, die sich bald versammeln würden und sich dann im Takt mit mancherlei Beinen gemeinsam auf den Brettern tummeln sollten, und dann kam Helau, da gab es immer was zu tanzen.

Dann übte man sich ein. Nur hatte sie da nichts zu sagen. Sie hätte zwar gekonnt, sie wußte ganz schön viel zu tanzen, aber sie sagte schon genug von selber nichts. Darum blieben ihre Schritte geheim. Weil sie von sich selbst noch so wenig wußte, wollte sie erst mal in Ruhe sehen, was sich da so furchtbar wild und fuchtelnd entwickelte. Das war ein ziemlich schlimmer, schöner Tanz.

Hollefännes saß im Wohnzimmer und hatte schon alles aufgebaut. Den Tisch saubergemacht und alles schön hingelegt. Da lag ein Buch: Der Kleine Verse-Schmied. Dann ein Reim-Lexikon. Und zwei Heftlein: Lustig sein – Helau! Damenreden, Herrenreden. In die Bütt! Er hatte ein Schreibheft und einen Bleistift und las sich zunächst einmal die Büchelchen alle durch. Da war das Gras immer noch nicht gemäht. Kein Wölkchen am Himmel, die Weibsleute liefen noch in kurzen Röcken herum, die Kinder barfuß. Aber der Hollefännes fing früh an. Er machte das gerne, auch wenn die Leute jetzt in die Felder zogen und die Erde warm war. Er hatte keinen Stall und kein Vieh, es gab überhaupt nicht mehr viele Bauern im Dorf, Hollefännes hatte Zeit und begann, sich Gedanken zu machen, was er denn mal reimen könnte, eine gute Büttenrede brauchte viel Zeit und er wollte nicht in letzter Sekunde etwas zusammenproffen. Als was könnte er gehen? Was war denn hier: In der Badeanstalt, ach nein. In der Sauna, das wurde schweinisch, nein, so schweinisch wollte Hollefännes es nicht machen. Der Zirkusdirektor. Nein, das konnte sich niemand vorstellen. Er überlegte, was sich denn reimen könnte, denn wenn er erst einen guten Reim hätte, könnte er die Rede drumherum bauen. Er fing mit allem an, was er im Zimmer sah: Waschtisch, Lacktisch, nee, Backfisch, Krachfisch, Vorhang, bang, Klang, nee. Dieses Jahr, ihr lieben Leut, ist es wieder mal soweit ... das war doch eigentlich ganz gut. Er schrieb es auf. Vielleicht konnte er mal als Waschweib gehen. Das war nicht sehr originell. Aber er könnte doch ganz gut aussehen, als Waschweib. Wenn ihm gar nichts einfiel, könnte er doch eine Rede aus dem Heft nehmen. Vielleicht als Politiker? So eine Eingangsrede als Protokoller, oder als Bajazz, Bajazzo im italienischen Kostüm. Aber das war ihm zu schwer. Außerdem paßte es nicht nach Seewies. Denen war die Politik wurschtegal. Da scherten die Seewiesener sich nicht drum. Sie waren weitgehend von Deutschland unabhängig. Sie hatten einen Sheriff, aßen jeden Tag ein Brot und sonst warfen sie alles zum Fenster hinaus und fertig. Damit waren sie zufrieden.

Lieber wollte Hollefännes einen lustigen Tapezierer machen. Was einem alles passierte als Tapezierer! Der Kleister konnte auslaufen, der Pinsel aus der Hand rutschen, die eingekleisterten Bahnen auf den Kopf fallen. Na ja. Hollefännes bezweifelte, daß ihm noch was Besseres einfallen könnte. Es war wichtig, daß einem etwas einfiel. Wenn ihm nichts einfiel, konnte er keinen Auftritt machen. Kellner. Vielleicht Kellner? Ja, das wäre doch was. Ein Kellner in der Wirtschaft, der immer die Gäste verwechselt. Oder so. Wenn er lange darüber nachdachte, dann könnte man damit etwas Lustiges erfinden. Hollefännes legte sich jetzt fest. Kellner, das war doch gut. Er packte seine Reimhefte und Papier und Stift in die Schublade und nahm sich vor, beim nächsten Mal einen schönen Reim zu erfinden, einen Refrain, so was wie: Kommt und kehret bei mir ein … ich bin Kellner Schorsch … irgendwie so was.

Das konnten dann die Leute im Saal immer mit aufsagen, dann Tusch, und so würde das ganz bestimmt irgendwie was werden. Die Leute würden sagen: *Du* Hollefännes, *du* hast eine *schöne* Rede gemacht.

Hannjokebs Lisbeth saß auf dem Sessel und sah fern und aß Liberabirnchen und blätterte in der Zeitung. Es war weiter nichts passiert. Auf dem Tisch war ein neues gehäkeltes Deckchen, die Gardinen waren selber gehäkelt, die Kleider der Puppe auf dem Vertiko waren auch selber gehäkelt. Jetzt hatten sie genug Gehäkeltes. Die Sofakissen waren auch noch passend dazu, aber sonst war es nicht so passend. Alle zehn Jahre kauften sie einen neuen Schrank oder ein Sofa oder eine Lampe, und dann war immer was anderes modern, und deshalb war es ein wenig zweiwatzig, also mit unterschiedlicher Herkunft glänzend. Aber wer wollte denn den Schrank fortwerfen, bloß weil das Sofa jetzt rosé eingewebte

Farbflecken hatte? Es gab nun mal keine Schränke mit rosa Farbtupfen, und mit so einem Quatsch sollte man sich im Leben auch nicht aufhalten. Im Fernsehen war Heimatabend in Bayern. Lisbeth hörte gern Gejodel. Auf einmal sah sie ein lustiges Paar, einen Mann und eine Frau, verkleidet. Er als dummer August, sie als Trine. Sie sangen ein Duett: Rosi, mei Rosi, du holde Makrele, wir sind füreinander bestimmt! – Mei Stinkerl, mei Froscherl, mei Ameisebärle, du bist wie ein Nilpferd im Wind! Was sang die da? Du pißt wie ein Nilpferd im Wind? Doch bist. Lisbeth wußte sofort: Das war eine Riesennummer für die Fastnacht. Sie stürzte zum Vertiko, riß einen Zipfel Papier aus der Schublade und schrieb sofort alles auf, was sie noch mitkriegte:

Mir zwaa ghörn zamm', a Lewe lang. A jed Gewitterwolke zieht amaal voran. Heeelau.

Das Helau hatten sie jetzt nicht gesungen, aber das könnte sie, Lisbeth, zum Schluß dranhängen. Das mußte sie singen. Mit irgendeinem. Sie brauchte nur noch einen dafür. Einen, der halbwegs singen konnte, und der zu ihr paßte. Sie wollte morgen zu den Krautschissern fahren mit dem Omnibus und im Schallplattenladen fragen, ob es da das Lied gab mit der Rosi, mei Rosi, du holde Makrele. Sie wußte auch schon genau, was sie anziehen würde, wenn sie auftrat. Den alten weißen Unterrock, die kaputten Strickstrümpfe und der, der mit ihr sang, der mußte den alten Hocker aufziehen, den Plüschsitz vom Frisiertisch. Außerdem mußten sie zum Singen einen Tanz einstudieren. Das wäre dann schon ganz gut. Lisbeth war äußerst zufrieden. Jetzt hatte sie genug Heimatabend gesehen. Sie schaltete um und sah dann was Gescheites.

Der *Klatschkäs* stand im Konsum und war am Einkaufen. Immer wenn er was in den Korb gepackt hatte und irgendeiner an ihm vorüberging, fragte er: «Sag mal, ist irgendwas passiert? Was Witziges? Irgendwas passiert?»

«Naa», sagte Konsums Hubert. «Nix passiert.»

«No ja», sagte Klatschkäs. «Man will ja mal was zum Verzählen haben. Na, Ruth, wie geht's? Sag mal, du wohnst doch in der Hinterecke, ist da eigentlich nix passiert? Was Witziges?»

«Bei uns in der Hinterecke? Nee. Nix passiert. Nix Witziges. Eigentlich gar nichts.»

Klatschkäs war unzufrieden. Er stand vorm Käseregal. Wieder nichts. Passiert einfach nichts. Das ganze Jahr nicht. Er war sich sicher, daß die Leute was getrieben hatten, irgendeiner machte doch immer was zum Unbesten, einer war immer der Dunnerkeil. Hatte denn keiner den Schuppen umgeworfen? Wollte niemand die Glocken läuten? Wollte keiner auf der Kuh nach Hause reiten? Sie machten sich wohl bloß keine Gedanken und gaben nicht acht und verzählten es nicht richtig. Wenn sie es nicht richtig verzählten, dann war es auch nicht witzig. War alles nicht witzig. Ist doch Mist. Klatschkäs konnte nichts finden und ärgerte sich, weil die Leute das ganze heilige Jahr nichts gewahr wurden.

Dieser Fleck war allzu ausgetreten. Man sah den eingetretenen, eingesunkenen Platten an, wie oft Thea schon hier gestanden hatte. Es war Thea selber nicht recht, ihr ganzes Leben lang um diesen Fleck zu kreisen und sich zu aller Zeit wieder dort einzufinden, denn es war der Ort für alle Machenschaften am Spülbecken und auch am Herd. Ein roter, eingekachelter Platz, als hätte er schon, bevor sie da war, die Stelle bezeichnet, wo sie dann eines Tages mal sich verbringen sollte.

Thea stand da und schmierte trandelig Butterstücker, das heißt, sie trödelte und war keineswegs bei der Sache. Sie hätte gerne mal was anderes getan, als immer nur den Mann satt zu machen. Sie sang nicht im Gesangverein, sie ging nicht turnen, sie hatte keine Landwirtschaft, sie war zu gescheut, um immer nur sich um das Geschirr zu bekümmern. Das Haus stand ja sowieso und war geerbt.

Aber bald begann eine buntige Zeit. Der Winter kam und dann wurde es lustig, und eigentlich wollte sie auch da mal mitmachen, da ging es nämlich rund und da war auch was zu schaffen. Da konnte man sich mal mit was anderem befassen. Bei den Fassenachtern war es schön, das wußte jeder. Sie wollte aber auch mal was machen. Ich könnte das, dachte sie. Sie wußte genau, daß sie es könnte, auf der Bühne, warum denn nicht, es kratzte sie, und wieso immer nicht. Ihr war schon manchesmal was eingefallen. Wenn nur der Mann das gewollt hätte. Mal was Schönes, aber wenn ich mich schön mache, ist es nicht witzig. Wenn ich mich häßlich mache, ist mein Mann böse. Wenn ich überhaupt auf die Bühne gehe, ist er sauböse.

Er würde sieben Wochen lang kein Wort mit ihr reden. So ein Muffsack. Der Allnichtgut. Lieber herumhängen und den ganzen Abend drei Brocken schwätzen und dann ins Bett und schnarchen. Ich würde doch auch gerne mal was machen, dachte sie. Würde gerne mal alle Männer auf die Bühne holen, würde ein Ballett mit ihnen machen, aber so, daß vorher niemand was weiß. Es wäre komisch, es wäre bestimmt komisch, ich könnte das mit Leichtigkeit. Wieso muß ich wegen dem Knottersack nichts machen. Ich kann doch auch mal. Irgendwas. Die Nähmaschine habe ich doch, ich könnte mich doch einfach hinsetzen und einen grandiosen … nein, zu schön darf es nicht werden. Wenn es nur ein schwarzes Kleid ist, ein wenig glänzend, bin jetzt fünfunddreißig, kann ich auch noch mal zeigen, was ich zu bieten habe, wäre doch gelacht, der alte Bock, der soll mich in Ruhe lassen. Ich kann doch auch mal irgendwas machen.

Klatschkäs, Buxeknupp und Immervoll standen hinten in der Kirche unter den Kerzen. Sie waren die Kerzenheiligen. Sie standen schon immer hinten auf dem gleichen Fleck und Buxeknupp tröpfelte der Wachs ins Genick.

Die Kirche war schön katholisch und goldig um die Heiligen herum, Maria hatte ein rotes Kleid an und einen blauen Mantel und zertrat eine Schlange. Weil die Seewiesener gerne Kerzen anzündeten, waren unter der Maria viele kleine Lichterchen, die herumflackerten für die Gebete der Sünder, die es besonders nötig hatten, oder für die, die am allermeisten was brauchten. Eigentlich war die Kirche zu klein, aber der Pfarrer sagte: wenn sie alle reingehen, gehen sie nicht alle rein. Aber wenn nicht alle reingehen, dann gehen sie alle rein.

Vor dem Altar hing das schwere Kreuz mit dem armen Heiland und seinen blutigen Wunden und den mageren weißen Rippen. Die Leute warfen Gott und Jesus schon mal durcheinander und nannten den Heiland den Herrgott im Himmel. Also die Seewiesener gingen in die Kirche, aber die Andacht ließ manchmal zu wünschen übrig und sie gaben nicht richtig obacht.

Klatschkäs flüsterte, ob irgendwas passiert sei. Was Witziges. Immervoll schüttelte den Kopf. Nee, ich weiß nix. Nix passiert. Was Witziges auch nicht. Frag den Buxeknupp. Buxeknupp schüttelte ebenfalls den Kopf. Nee. Nix gehört. Weiß nix Witziges. So ein Schiß. Scheißdreck. Kreuzsakrament.

Hollefännes saß in der Bank und blätterte im Gebetbuch. Er fragte sich, wie die denn darin gereimt hätten und verglich:

Wundervoll prächtige,
hohe und mächtige …

Das war doch ganz schön. Mächtig – Prächtig.

Herr, wir preisen Deine Stärke
und bewundern Deine Werke.

Stärke – Werke. War doch in Ordnung. Und das Versmaß? Hähärr. Das waren schon zwei Silben in einem Wort. Stähärke. Normal waren es acht Silben. Aber mit Stähärke waren es neun Silben. Er verglich es mit dem Karnevalslied.

Jedes Juhr zur selwe Zeit
es et hey bei uus su weit.

Da war keine gehoppelte Silbe drin und es waren sieben Silben. Er beschloß, lieber auch sieben Silben zu nehmen. Das war erprobt und das klang. Er mußte es ja auch nicht singen.

Derweil war das Gloria längst vorbei und Hannjokebs Lisbeth stellte sich auf, um zur Kommunion zu gehen. Sie landete hinter Dappersch Willi. Dappersch Willi war der Kappenchef. Er würde an der Fastnacht den Sitzungspräsidenten machen, und er war der Vorsitzende vom Kappenverein. Dappersch Willi konnte doch einigermaßen singen! Das war jetzt eine göttliche Fügung, daß sie hinter ihn geraten war bei der Kommunion, und er war derjenige, der mit ihr Rosi, mei Rosi singen konnte. Wer denn auch sonst. Sie würde dem Kappenchef den Plüschhocker auf den Kopf setzen und ihm einen Kittel umhängen, und dann konnten sie das schon machen. Eine Schallplatte hatte sie noch nicht, denn die blöden Blaukrauthausener hatten leider noch nie was von dem Lied gehört. Aber was wollte man von denen auch anderes erwarten. Das Lied würden sie schon zusammenkriegen, irgendwie.

Buxeknupp, Klatschkäs und Immervoll schwänzten schon wieder die Kommunion und blieben mit übereinandergelegten Händen stehen. Sie sahen aber ganz genau, wer von der Kommunion zurückkam.

«Hier, sieh dir mal die Weibsleute an. Wir haben ja doch die schönsten Weiber bei uns im Dorf. Die anderen Dörfer haben nicht so schöne Weiber.»

«Die hatten überhaupt noch nie schöne Weiber.»

«Ou, hey sieh mal! Sieh mal! Hier kommt die Thea. Dunnerlitsch. Die ist ja wieder stranatz! Ist das einmal ein Prachtweib!»

«Und mit was wir uns daheim immer behelfen müssen» sagte Buxeknupp.

«Komm», sagte Immervoll, «dich wollte heute auch niemand mehr.»

«Das ist wahr», sagte Buxeknupp. «Aber daß die auch so einen simpeligen Mann hat. Den größten Simpel vom ganzen Dorf.»

Die dümmsten Bauern ... Na ja, die Thea ist vielleicht zu schön. Das konnten die andern Kerle nicht aushalten. Das war denen zuviel. Bloß dem Simpel, das ist ja so ein Klumpen, der hat es gar nicht gemerkt, was an der Thea dran ist. Der Ochse. Nimmt die sich so einen Tölpel.

«Ou, ou gib acht! Guck mal, wie die den Feuerwehrmann anguckt! Ja der! Verdammich! Sakrament!»

Der Feuerwehrmann wurde rot. Thea drehte sich um, als hätte sie nichts gesehen, nichts gedacht und nichts gemacht.

«Wenn die dem Feuerwehrmann Augen macht, da kannst du die ganze Seewies leerpumpen, da gibt es nicht genug zum Löschen. Das sieht man doch, was die für glühige Augen hat, das ist doch ein glühiger Feuerteufel. Da ist er mit Haut und Haaren verloren.»

«Meinst du, der läßt seine Familie im Stich, das macht der nicht. Sie macht ihn zwar geckig, aber der wird sich doch wohl nicht.»

Die *Tanzweiber* trafen sich in der alten Baracke, auch Opernhalle genannt, die immer noch nicht abgerissen war, obwohl sich der Boden nach oben wölbte, das Dach sich senkte, das Wasser aus dem Wasserhahn nach draußen in eine unübersehbare Pfütze lief, das gespendete Kaffeeservice Sprünge hatte und auf der Toilette die Brille gebrochen war. Seit langer Zeit. Es war aber trocken und ein bulleriges Heizöfchen hatten sie auch dabei. Die Tanzweiber waren noch nicht lange auf der Weide, höchstens zweiundzwanzig. Sie übten sich selber ein, schon mit vierzehn hatten sie sich selber eingeübt. Jetzt hingen sie über den Stühlen und Bänken und knatschten Kaugummi und überlegten, was sie tanzen sollten.

«Eigentlich sollten wir noch mal richtig Beine schmeißen. Ist doch Fastnacht. Schön stramm und so.»

«Beine schmeißen ist doof. Wir sollten eher mal was aus den Siebzigern nehmen. Hair oder so. Aquarius. Wir könnten bauchfrei machen und lange Röcke und Friedenslieder und viele bunte Blumen ins Haar, das wäre doch gut.»

«Nä, wenn schon dann Techno.»

«Hör mal, wir haben auch alte Leute im Saal, die fliegen doch weg dabei. Dann verstehen sie wieder kein Englisch und es gefällt ihnen nicht, und dann ist das so eine öde Stimmung im Saal.»

Ilsebill wußte genau, was sie tanzen wollte. Etwas so Krasses, daß noch ganz andere Stimmungen aufkamen. Sie wollte eigentlich alleine tanzen. Der Rest des Saales sollte schweigen und still sein und einfach nur schauen. Sie allein hatte die gottverbotensten Bewegungen, sie wußte es genau, und es jemandem beizubringen, nein, es waren ihre eigenen, nicht übertragbar. Würde sie die Bewegungen übertragen wollen, gingen sie verloren und die anderen verstünden sie auch nicht. Ob das zu machen ist: Ein unverständlicher Tanz? Ilsebill sagte gar nichts und wurde auch nicht gefragt.

«Wie wäre es denn, wenn wir auf Phantom der Oper tanzten. Davon gibt es auch eine Techno-Version. Wir alle könnten Masken tragen und schwarze Umhänge.»

«Nicht übel. Würde gern auf Guns and Roses tanzen.»

«Oder auf Badesalz. Auf Black and White.»

«Das ist schon wieder zu alt.»

«Oder auf Helge Schneider. Oder auf die Doofen: Liebe mich, auch wenn ich stinke.»

«Ach was, dummes Zeug. Laß uns doch Techno tanzen. Wir müssen den Alten eben mal zeigen, was läuft. Wir tanzen einfach auf SNAP! Das ist doch gut!

«Ja, das würde mir auch gefallen.»

«Wir könnten ja so kurze Hosen anziehen aus Kettenhemdenstoffen und silberne Paniere und zerrissene Strumpfhosen ...»

Die Tanzweiber beschlossen, auf SNAP! zu tanzen, ohne daß Ilsebill ein einziges Wort von sich gegeben hatte. Die Alten mochten meckern, aber das waren sie gewöhnt, sie mußten sie doch nun mal so verbrauchen, wie sie waren und schon immer hatten die Jungen die Alten geärgert, sie würden sich ja auch nicht viel draus machen, wenn die Dicke-Backen-Musik spielte oder der Eberhard auf seiner Orgel, dann konnten sie alle Rosamunde tanzen und da ging schließlich auch was ab, und das machten dann ja auch alle mit.

Buxeknupp rannte durchs Dorf und sammelte den Beitrag ein für den Kappenverein. Es fehlte Geld. Hinten und vorne. Buxeknupp machte sich schwere Gedanken. Es durfte dieses Jahr einfach nicht soviel Schnaps hinter der Bühne gesoffen werden. Und es durfte auch nicht wieder jeder Freibier holen und sagen, der Kappenverein, der zahlt alles. Der Kappenwilli mußte da ein wenig aufpassen, aber es konnte ja dann keiner mehr aufpassen, weil ja alle besoffen waren. Die Funkenmaschinchen schimpften seit Jahren über ihre Kleider. Der Rock war alt und zerschlissen und zertanzt. Auf den Hüten waren die weißen Bommeln schmutzig und die Federn zerfetzt. Und Stiefel hatten sie gar keine, nur alte weiße. Dieses Jahr wollten sie endgültig ein neues Kostüm und zwar mit roten Lackstiefelchen, wie sich das gehört. Buxeknupp grübelte. Die Tanzweiber wollten ja auch wieder Kostüme. Schneiderpaula nähte alles umsonst, aber der Stoff und alles, das kostete doch wieder Geld. Sie konnten es schließlich auch mal selbst bezahlen, aber da waren doch wieder so viele Lehrmädchen dabei, die hatten doch auch nichts. Da mußten sie die Kostüme schon spendieren, schließlich verrenkten die sich die Knochen und warfen Arme und Beine durcheinander, da mußten sie auch ausgestattet sein. Man wollte ja auch was sehen. Und die Funkenmaschinchen hatten ja wenigstens was am Leib. Wenn die Tanzweiber keine Kleider kriegten, dann war der ganze Haufen böse, aber wenn die Funken böse waren, dann waren nur zwei böse. Weibergekreisch von zweien konnte sich Buxeknupp angenehmer vorstellen als von dem ganzen Haufen. Außerdem träumte Buxeknupp seit Jahren von einer Konfettikanone. Aber in der Kasse waren bloß siebenhundertneunundachtzig Mark und zweiundsiebzig Pfennige.

Wütend klopfte Buxeknupp an jede Tür:

«Hier mach auf und gib mir Geld, du hast überhaupt noch nichts bezahlt für den Karneval, jetzt wird's aber endlich Zeit.»

Immervoll stand in der Wirtschaft und hielt sich an der Theke fest. Er sah zu, wie die Blasmusik übte.

«Wieso spielt ihr denn die ganze Zeit Beerdigungsmusik? Es ist doch gar keiner gestorben.»

«Aber wenn mal einer stirbt. Dann müssen wir die Lieder auch können. Die Jungen hier können überhaupt noch nicht aufs Grab spielen. Die müssen das jetzt mal lernen.»

«Wenn ihr weiter so blast, dann liege ich Ruckzuck! auf dem Kirchhof.»

«Am Sonntag ist Wallfahrt, Immervoll. Dann kannst du deine ganzen Sünden abstrompen. Die Wallfahrtslieder üben wir jetzt auch noch.»

«Hier, die Flügelhörner, da vorne, die sind auch nur gut, um das Kirmeszelt auf- und abzubauen», sagte Immervoll.

«Immervoll, jetzt reicht's!» schrie der Dirigent Waldemar. «Entweder du entschuldigst dich jetzt bei den Flügelhörnern, oder du gibst der ganzen Blasmusik 'ne Runde! Alter Säufer!»

Immervoll gab eine Runde. Dann spielte die Blasmusik ‹Herr, Du bist meine Zuversicht, Du lebst, auch ich soll leben.› Dann senkte Tommi sein Saxophon und meinte: «Immervoll hat recht. – Wir spielen die meiste

Zeit Beerdigungslieder oder Wallfahrtslieder oder ‹Das Grab ist leer!› und Ostermärsche. Ich möchte ganz ehrlich mal was anderes spielen. Die Blasmusik ist überhaupt nicht experimentierfreudig. Ich warte immer noch auf mein großes Coming out.»

«Coming out, was soll das denn sein», fragte Waldemar.

«Wir könnten wenigstens für Fastnacht mal was anderes machen, nicht immer Egerländer und so was. Wir könnten doch mal als Hardrocker gehen. Oder so was.»

«Hardrock!?»

Rudi an der Trommel regte sich auf. «Rock? Dann kannst du ja gerade als ... als ... als Elvis Presley gehen!»

«Rudi! Elvis liegt seit zwanzig, seit dreißig, seit fünfzig Jahren in seinem Grab in Memphis, Tennessee! Der war auch kein Hardrocker, der war eine Schmalzbacke.»

«Oder wir könnten mal als Hawaii-Mädchen gehen.»

«Oder Techno», sagte Tommi. «Aber das kann man ja mit euch gar nicht machen, das gäbe ja Egerländer Techno. Waldemar, ich weiß, was wir machen könnten. Waldemar, wenn du mir für Fastnacht mal den Dirigentenstab abtreten könntest, dann würde ich gerne mal was anderes mit der Musik machen. Ehrlich. Bloß für Fastnacht gibst du mir mal den Taktstock. Geht das?»

«Weiß ich noch nicht. Über Fastnacht können wir reden. Aber erst spielst du ordentlich aufs Grab! Erst wird gestorben und dann getanzt.»

Mehlbachs Minna war am Aufräumen und überlegte, was sie hinterher im Fernsehen sehen wollte. Aber die Fernsehzeitung war weg. Da fiel ihr ein, daß sie eben alles in die große Mülltonne vor dem Haus geschmissen hatte, und auf einmal wußte sie ganz genau, daß sie die Fernsehzeitung auch weggeschmissen hatte. Meine Herren, was machte sie jetzt. Sie ging wieder raus und klappte den Mülltonnendeckel auf, und tatsächlich, da unten im Dreck war sie. Weil die Tonne erst gestern geleert worden war, lag das Heft noch ziemlich weit unten drin. Minna bückte sich und beugte sich und kam nicht dran. Sie holte sich ein Bänkchen und stellte sich drauf, bückte sich und wühlte in der Tonne herum, da kriegte sie auf einmal das Übergewicht und fiel kopfüber in die Mülltonne hinein.

Es war Wallfahrt.

Die Steinlochsdorfer ballten die Fäuste. Wenn es wieder passierte, wenn es schon wieder passierte ... dann aber. Hinter jedem Fensterbrett lauerte ein Steinlochsdorfer, und für dieses Mal schworen sie Rache.

Die Seewiesener trödelten betend die Straße von Seewies her und näherten sich dem Steinlochsdorf. Der Pfarrer ging vorweg, die Meßdiener schwitzten und schleppten sich mit dem Herrgott ab, dann kam die Blasmusik, dann gingen die Weiber und zum Schluß die Kerle. Die Feuerwehr begleitete die Wallfahrt und riegelte den Verkehr ab. Die Musik war immer ein bißchen zu hoch und nur die frommsten Weiber hielten die hohen Töne und juchzten: O Maria hilf! Denn wer am frommsten war, der konnte auch am höchsten singen. «Heilige Maria Muttergottes, bitte für uns SünderjetztuninderStundeeunsresToodes – Ammen.» Sie beteten den schmerzhaften Rosenkranz, mit: Der für uns Blut geschwitzt hat. Alle freuten sich auf das Steinlochsdorf. Das Ortsschild kam immer näher. Schon hob Waldemar den Taktstock. Die Steinlochsdorfer wurden immer böser. Dann war die Höhe erreicht: Steinlochsdorf. Die Blasmusik setzte ein mit aller Gewalt und die Seewiesener zogen in das Dorf ein und sangen aus Leibeskräften:

Sei gegrüßt viel tausend Male
hier in diesem JAMMERTALE!
Darum rufen wir zu dir,
Muttergottes, ach hilf mir!

Die Steinlochsdorfer platzten vor Wut. Waren sie denn ein JAMMERTAL? Jedes Jahr und jedes Jahr und jedes Jahr sangen die das. Aber diesmal wollten sie es den Seewiesenern nicht durchgehen lassen. Sie ließen sich etwas einfallen. Bestimmt. Nach so vielen Jahren war der Rachedurst überwältigend geworden, und sogar die ruhigen Steinlochsdorfer hatten den Wutgockel bekommen.

Feuerwehrmann Fritz stand vor der Wegzweigung zwischen der Wallfahrtskirche und Blautkrauthausen, damit die Autos die Wallfahrer nicht überfuhren. Die Weiber zogen am Feuerwehrmann vorbei. Aber Thea fiel das schwer. Der Feuerwehrmann zog sie an, weil er so akkurat war und fleißig. So lang und so gütig. Er hatte die große, schmale Gestalt seiner Vorfahren, die Bergleute gewesen waren in der längst zugeschütteten Alexandriagrube. Er machte nie etwas falsch. Er war so ein aufrechter Charakter. Thea war vom aufrechten Charakter mehr angezogen als von jedem anderen Vorteil, den ihr ein Mann zu bieten hatte, seine Tugend wirkte auf sie unwiderstehlich. Wie würde er sein, wenn er die Haltung verlor, wenn er was machte, das er ums Verrecken nicht durfte, wenn er ins Zweifeln kam. Ob er immer seinen Verstand bei sich hatte. Immer. Immer. Ob er nicht einen Leichtsinn hatte irgendwo. Ob er in all seiner Fehlerlosigkeit nicht doch den dringenden Wunsch hatte, einen Fehler zu machen. Ob nicht sie, Thea, der Fehler sein könnte. Sie hatte nur einfach unruhiges Blut. Sie wurde daheim nicht satt. Der Simpel machte sie nicht satt, er fand die schönen Worte nicht und suchte sie auch nicht, der Simpel hatte keinen Lebenszweck, der lebte einfach so, damit das Leben herumging. Der Feuerwehrmann hingegen suchte immer das Wichtige und das Höhere. Was vom Feinen. Was vom Guten im Menschen. Darum war der Feuerwehrmann höher und wichtiger als der Simpel. Und außerdem hatte der Feuerwehrmann den schönen und ruhigen Mannskerl-Leib, einen Kopf größer als sie und die wachen Augen, so als wenn er sich auch was dachte. An den Feuerwehrmann durfte keine andere ran als seine eigene Frau. Er war schwerer zu haben als ein jeder, der sich brünftig angezogen fühlte von ihrer leiblichen Wärme. Er hatte nie etwas falsch gemacht und das durfte auch nicht sein. Sie blieb einen Moment stehen und dann fragte sie:

«Na? Wieder im Dienst? Was ihr alles macht!»

«Aber das ist doch selbstverständlich, Thea.»

«Das ganze Jahr seid ihr fleißig. Ihr baut den Altar auf an Fronleichnam. Bei jeder Beerdigung regelt ihr den Verkehr. Im November macht ihr das Martinsfeuer. An der Kirmes verkauft ihr Würstchen. Ihr seid wirklich unermüdlich.»

«Das gehört sich doch so, Thea. Einer muß es doch machen. Es helfen doch auch alle mit.»

«Ich finde es bewundernswert, und außerdem ...» Thea legte sich unversehens unfromm ins Hohlkreuz ..., «außerdem ... kann es ja auch mal brennen ...» Jetzt wurde Thea weitergeschoben, aber der Feuerwehrmann war durcheinandergeraten und sah ihr noch lange hinterher.

«Ab sofort wird nicht mehr gestorben», flüsterte Tommi Rudi zu. «Wir proben jetzt für die Fastnacht. Freitag abend geht es los. Wer sich jetzt auf den Kirchhof legt, fährt ohne Musik ins Grab.»

Klatschkäs fragte in der ganzen Wallfahrt herum, ob irgendwas passiert sei. Etwas Witziges. Nein, sagten die Leute, nix passiert.

«Hör mal Buxeknupp, weißt du nicht was? Ist irgendwas passiert im Dorf? Was Witziges?»

«Mehlbachs Minna ist in die Mülltonne gefallen.»

«Mehlbachs Minna ist in die Mülltonne gefallen?»

Klatschkäs war glücklich. Wie denn?! Erzähl mal ganz genau! Immervoll hatte es gehört und erzählte es dem Kugelblitz. Der Kugelblitz erzählte es dem Kappenwilli. Der erzählte es dem Hollefännes, und sie erzählten es und erzählten es, bis in die Weiber hinein und die erzählten es der Blasmusik und die erzählten es den Meßdienern, und nur dem Pfarrer hatte es niemand gesagt. Zum Schluß rief Thea noch einmal den Feuerwehrmann.

«Hast du es gehört?»

«Nein, was denn?»

Thea druckste und drehte sich. «Na.»

«Hm.»

«Ei ...»

«Was denn, Thea?»

«Mhm ... – Mehlbachs Minna ist in die Mülltonne gefallen!»

Kugelblitz wollte aufs Fußballfest gehen. Es war ein ganz besonderer Abend, sie feierten nämlich den neuen Vereinsvorstand und wollten außerdem den alten Trainer ehrenvoll in den Ruhestand geleiten. Kugelblitz konnte aber nicht so lange einhalten, bis die Feier losging. Er hatte sich deshalb vorher schon mal in der Wirtschaft besoffen. So ging er dann zum Fußballfest. Der Vorstand war in vollem Putz. Im guten Zwirn. Alles war besonders schön. Kugelblitz mußte auf den Abtritt gehen. Als er vom Abtritt kam, sah er in der Ecke einen Wagen, und auf dem Wagen stand ein Tablett mit einer blanken Silberhaube. Er hob den Deckel hoch, um zu sehen, was darunter war und erschrak. Unter dem Dekkel lag ein riesengroßer Säukopf. Mit Petersilie und Gemüse um die Ohren herumhängen und einer Zitrone in den Hauern. Kugelblitz fiel ein, daß er schon lange nichts gegessen hatte. Er überlegte nicht lange und fing an, den Säukopf anzufressen. Er aß und aß und aß, bis er satt war. Dann machte er den Deckel wieder drauf und ging aufs Fußballfest.

Feierlich baute sich der Vorstand vorne auf und hielt eine Rede. Alle möglichen Leute hielten eine Rede, dann wurde der Buffet-Wagen hereingefahren und der Vorsitzende sagte: ... darf ich sie nun zu unserem Buffet einladen und als besondere Attraktion haben wir diesmal ... er hob den Deckel und präsentierte die Sau. Die Sau war völlig verkrotzt.

Der Vorsitzende kochte. «Wer war das?!»

Alle blickten sich um. Jeder war verdächtig. Aber am verdächtigsten war Kugelblitz.

«Kugelblitz! Du warst das! Du hast den Säukopp angefressen!!»

«Nein! Nein! Habe ich gar nicht.»

«Du bist auf dem Abtritt gewesen und dann hast du den Säukopp angefressen!»

Kugelblitz schwor Stein und Bein. Aber sie schimpften ihn trotzdem. Als er lange genug gelogen hatte, schrie Rudi auf einmal: «Kugelblitz, heb mal die Hände!»

Kugelblitz hatte die Ärmel aufgekrempelt und die Arme waren voller Gewürz und Fett und Kraut. Damit war er überführt.

Es war der Elfte Elfte. Kappenwilli hatte alle in die Wirtschaft eingeladen. «Soo, ihr Närrinnen und Narrhallesen, jetzt gibt's erst mal einen Korn für alle und ein Helau!»

«Helau!» schrien alle und tranken den Korn.

«Zur Einstimmung singen wir jetzt mal das Seewiesener Karnevalslied!»

Dott es us Seewiesner Karneval,
dee es käm richtische Seewiesner faal,
en Aal en Jung es of de Baa,
do es ach der Wirtschaft der Sool ze klaa.
Doo wätt beim Schunkel zesommegerickt
en feste sich unannergedrickt.
Fier naut of der Welt es us faal,
us Seewiesner Karneval!

Danach waren alle gut in Stimmung und sie tranken sich noch einen Korn.

«Jaa», sagte Kappenwilli. «Ich begrüße euch alle erst mal auf das herzlichste! Und ich frage euch: Wer will denn jetzt überhaupt was machen an Fassenacht?»

Keiner sagte was.

«Jaaa, ihr Tanzweiber, ihr tanzt doch sicher wieder was.»

«Jou.»

«Ja, was denn?»

«Sagen wir nicht.»

«Warum denn nicht?»

«Darum nicht.»

«Dann macht, was ihr wollt.»

«Wir brauchen aber gute Kostüme.»

Buxeknupp meldete sich und sagte:

«In der Kasse ist nicht die Welt.»

Dann meldeten sich die Funkenmaschinchen und sagten:

«Wir brauchen aber neue Röcke und Stiefel und überhaupt alles neu.»

«Das müssen wir mal überdenken», sagte Kappenwilli. «Eure Röcke sind doch noch gut.»

«Gar nicht! Die liegen schon seit zwanzig Jahren im selben Koffer, und wir sollen als und als in den scheelen Dingern auf die Bühne marschieren, da muß man sich ja schämen!»

«Also wir überlegen das mal. Wie ist es mit dir, Hannjokebs Lisbeth. Du willst doch auch sicher wieder was machen.»

«Naa.»

«Wie, naa?! Du mußt doch auftreten! Du trittst doch jedes Jahr auf, das geht nicht!»

«Weiß noch nicht.»

«Heiliger Bimbam, stell dich doch nicht so an, wenn ich jetzt jeden einzelnen hinten rumheben soll, dann habe ich ja genug zu tun. Machst du jetzt was, oder nicht, oder was?»

«Ich tät schon was machen, aber du müßtest dann dabeisein. Und mehr verrate ich jetzt nicht.»

Dann platzte der Hollefännes dazwischen und rief:

«Aber ich! Ich mache eine schöne und lustige Büttenrede! Ich werde als Kellner kommen und ich habe die Büttenrede schon halb fertig!»

«Na ja», flüsterten die Leute. «*Der* sollte ja lieber keine machen. Der war gar nicht witzig.»

«Haltet eure Mäuler!» schrie Kappenwilli. «Wir brauchen jeden Punkt! Danke, Hollefännes, du warst sehr fleißig, es ist großartig, daß du schon eine Rede verfaßt hast, auf dich ist doch wenigstens Verlaß. So. Wir haben jetzt zweieinhalb Punkte:

Erstens: Den Hollefännes. Zweitens: Die Tanzweiber. Und vielleicht Hannjokebs Lisbeth. Weiter.»

Thea meldete sich.

«Ich, also ich würde auch gerne mal was machen.»

«Wie?!»

Alles war überrascht. Alle hatten sich gewundert, daß Thea überhaupt zum Elften Elften gekommen war. Thea war noch nie auf der Bühne gewesen. Jeder wußte doch, daß ihr Simpel daheim böse wurde, wenn sie auftrat. Keiner konnte sich vorstellen, was Thea überhaupt machen sollte. Aber an Fastnacht durfte ja schließlich jeder was machen, jeder, wie er kann.

«Na, das ist ja großartig, Thea, da freuen wir uns aber. Kannst du uns denn auch sagen, was du da vorhast?»

«Wenn es dir nichts ausmacht, ... Willi, ... würde ich

die Idee gerne noch ein wenig reifen lassen, bis ich es sage.»

Willi schmolz.

«Natürlich, Thea. Es ist toll, wenn du überhaupt was machst. Egal was. Und ihr anderen? ... Heiliger Gott, Sakrament, wenn keiner was sagt, dann können wir das alles lassen. Dann hören wir gerade wieder auf. Dann spare ich mir den ganzen Zores.»

Tommi fing an.

«Die Blasmusik hat in diesem Jahr einen eigenen Auftritt. Wir sind eine Jazzband. Free Jazz. Ich werde der Lead-Sänger sein.»

Dafür klatschten alle.

«Ich hätte eigentlich lieber Hawaiimädchen gemacht», sagte Rudi.

Willi war zufrieden. Die Blasmusik, das waren viele, da war die Bühne rammelvoll und allein der Auf- und Abbau dauerte so lange, daß praktisch zwei Programmpunkte erfüllt waren.

«Und die Feuerwehr ist auch da ... werdet ihr wieder Würstchen verkaufen?»

«Klar, Willi. Ist doch selbstverständlich.»

«Gut. Sehr gut, Klatschkäs, wie ist es mit dir? Hältst du wieder eine Büttenrede über das Dorf?»

«Naa. Ist ja nix passiert. Nix Witziges. Passiert ja nix hier.»

«Mehlbachs Minna ist doch in die Mülltonne gefallen. Und dann kannst du doch einfach was erfinden. Du behauptest einfach irgendwas von Immervoll, oder so.»

Immervoll protestierte.

Dann gab es noch einen Korn. Beim Korn sagte nie einer nein. Bald spürte keiner mehr einen Glockenschlag. Ilsebill saß dabei mit hungrigen Augen.

«Die Flamingos mit dem Hugo und dem Durst und dem Norbert machen wieder die Musik.»

«Gut.»

«Hugo», sagte Hannjokebs Lisbeth. «Hast du schon mal von einem Lied gehört, das heißt: Rosi, mei Rosi, du holde Makrele, wir sind füreinander bestimmt? Oder so.»

«Klar», sagte Hugo. «Das kenne ich. Habe ich die Noten von.»

«Wirklich?»

«Jou.»

«Gut, prima, das müßt ihr mir spielen.»

Immervoll beugte sich zu Klatschkäs.

«Ich weiß noch was.»

«Was denn.»

«Der Kugelblitz hat den Säukopp angefressen.»

«Was?! Wirklich?! Wie denn? Verzähl mal ganz genau!»

Klatschkäs nahm sofort einen Bierdeckel und fing an aufzuschreiben und Immervoll diktierte.

Keiner hat gemerkt, wie auf einmal der Feuerwehrmann überfällig wurde. Wie er nach sieben Bier nicht mehr denken konnte, was er vorher gedacht hatte und Thea ansah, so lange, bis sie unter sich sah und sie beide unter sich sahen, ganz verzweifelt ihren Blicken auswichen und sie sich wieder kreuzten, wie er sie musterte von oben bis unten und unten bis oben. Thea hatte einen Pullover an mit einem Ausschnitt, aber wenn sie auch keinen Ausschnitt gehabt hätte, so dachten sich doch die meisten den Ausschnitt dazu, sie konnte sich einen Kartoffelsack umhängen und jeder hätte gedacht, es sei die Hot Kotür. Als Thea zur Toilette ging, gab er sich gar nicht erst große Mühe, länger zu warten oder heimlich zu tun, er stieg ihr einfach hinterher, wartete, bis sie fertig war, und als sie herauskam, griff er sie am Arm und zog sie unter die Treppe.

«Thea ...»

«Fritz ...»

Das war jetzt ungeheuerlich, wie sie sich da unter der Treppe fanden, sie hatten ja nichts verbrochen, aber sie spürten, daß es etwas Verbrochenes war, das sie unter die Treppe führte. Wenn man sich immer nur die Augen wirft, oder wenn ein guter und gerechter Mann dann aus der Fasson kommt, das ist schon was anderes. Das hätte ihm normalerweise schon der Anstand ausgetrieben, was er da machte. Thea hatte ihn ja gewollt, wenigstens im Sinn, aber daß er auf sie darkommt, da verging ihr doch Hören und Sehen und sie waren ja auch beide durmelig im Kopf. Aber Zeit zum Denken hatten sie ja nicht, die Zeit war ja nicht, war ja alles rar, und wenn die Liebe kommt, weicht der Verstand. Die Liebe kam nämlich, da konnten sie gar nichts machen und je eher sie voreinander standen, um so heftiger drängte sie das, so hatte sich die Liebe mit ihnen vertan und sie zuunterst zuoberst erschreckt und aufeinandergeworfen.

«Thea ... Immer wenn du an mir vorübergehst, weißt du, ... ich habe dir nachgesehen, so oft, ... ich konnte dich einmal nicht mehr vorübergehen lassen, verstehst du?»

Thea nickte, sie brannte, er legte seine Arme um ihre Taille. Er küßte sie so arg, so mit Macht, so unversehens, so sehr, daß ihre Körper ineinandergerieten, unter der Treppe. Während er mit seiner Hand ihren Leib umpackte, kaum ahnte, was er da in Armen hielt, doch ohne Anhalten weiter an ihre lebendig sich regende Haut durch Leinen und Wäsche hindurchdrang, war sie selbst von Angst gepackt, er könnte jetzt eben ihre schöne Brust nicht bemerken. Wenn er sie doch erlösen würde von den Blusenhälften, die sie so geschlossen kaum noch ertragen konnte.

«Meine Liebe, du ...»

Das ging von selber, sie waren glühig, Thea atmete und atmete und holte immer tiefer Luft, er sollte doch endlich ihre Brust entblößen, sie reckte ihm die runde, wackelige Fülle entgegen, bis er sie unter den äußeren Stoffen von der einengenden spitzenen Qual befreite und sie schließlich nur von dünnem, blumigem Tuch und einem verrutschten Rock bedeckt vor ihm stand. Weiter hätte es gehen müssen, der Feuerwehrmann erlebte so Machtvolles in seinem Körper, daß er sie noch mit Hintern und Schenkeln an die schräge Treppenwand quetschte, doch dann erschrak er vor seiner eigenen Lust. Die Angst holte ihn ein, die Angst vor jedem, der von allzuviel Helau gleich aus der Tür schießen würde, um auf dem Männerpissoir sein Übriges zu lassen. So wagte er es nicht, in die fremde, schöne Thea und ihren feuerwarmen Leib allzuweit einzudringen. Sie war es, die nicht aufhören konnte, er aber bremste sie mit hunderttausend Küssen, die er entschuldigend um ihren Hals unter die kringelig schwarzen Locken legte. Sie konnten nicht einhalten, aber wenigstens beinahe doch, und sie sind so lange geblieben, viel zu lange, aber keiner hatte es gemerkt, weil sie in der Wirtschaft durch den Korn auf anderes kamen, bloß nicht auf Thea und den Feuerwehrmann. Die hatte keiner im Sinn.

Kaum war eine Woche vergangen, da rückte Hannjokebs Lisbeth dem Kappenwilli schon aufs Fell. Er hat ja gar nicht gewollt. Nicht so richtig. Nicht, daß er nicht schön singen könnte, aber was er da singen sollte, das war ihm nicht genug begreiflich. Außerdem wollte er nicht so genötigt sein, Karneval war doch erst im andern Jahr, da war doch noch Zeit. Willi fing immer erst vierzehn Tage vorher an. Jetzt sollte er sich schon im Advent mit dem Gedöns befassen, das machten doch nur die Tanzweiber und der Hollefännes. Er war doch sowieso schon der Allgemeinstölpel und hatte alles am Hals.

«Sag mal, Lisbeth», sagte der Kappenwilli, «ich

wollte eigentlich noch ein wenig die leibliche Ruhe behalten. Das geht doch alles noch früh genug los.»

«Jaja, Willi, das weiß ich schon», sagte Lisbeth. «Aber du wirst schon sehen, wenn die Musik nicht stimmt, dann kann man das vor der Prunksitzung ja nicht mehr retten. Dann ist alles zu spät.»

«Ei, Lisbeth, das machen wir doch aus dem Ärmel.»

«Es ist ja nur, Willi, weil du ja doch der Wichtigste hier bist, und du mußt dich um alles kümmern, da wollte ich vorher kommen, damit du nicht in die Bredouille gerätst.»

«Das ist recht, Lisbeth. Aber laß mich noch ein wenig in Ruhe bis nach der Christnacht. Sag mir lieber mal, was wir am Elften Elften eigentlich beschlossen haben.»

«Hää? Ja, das weiß ich doch nicht mehr!»

«Weiß keiner mehr. Keiner kann mir das sagen.»

«Dann müßten wir noch mal eine Sitzung machen, was?»

«Mensch Lisbeth, nein! Da mußt du dich noch etwas geben. Vor Weihnachten machen wir keinen Karneval! Fertig und ab!»

Dann lag dicker Schnee. Das Christbaumgeläute war schon vorüber. So schnell war das Jahr vergangen.

Und der Schnee lag nicht lange. Aber er lag doch so, daß die Männer mit den Brettern und den Balken nicht recht durchkamen und daß sie froren, als sie anfingen, vor der Wirtschaft eine Bude zusammenzuzimmern.

Jetzt wurde die Wurscht eben vor der Tür verkauft, da mußten die Fastnachtsgecken hinauslaufen, so gegen elf, dann kriegten sie meistens Hunger und dann mußten sie etwas essen, Pommes, Fritten und Würstchen. Wenn sie nichts im Darm hatten, konnten sie nicht so lange durchhalten, und von dem vielen Bier brauchten sie etwas Würziges, denn alle Säufer fressen den Pfeffer gern. Wenn der gähnende Hunger kam, mußten alle was haben, aber sofort. Die Feuerwehr verkaufte Würstchen seit Jahr und Tag, weil sie von einem Spritzenhaus träumten, das schöner war als das alte Backhaus, in das das Feuerwehrauto hineinging und nur noch Platz war für ein Stübchen, in dem man einen Schnaps trinken konnte. Noch zwei, drei Jahre, dann konnte es gelingen, sie würden nach Blaukrauthausen fahren und einen Zuschuß beantragen, und mit dem Würstchengeld und dem Kirmesgeld und dem Waldfestgeld hätten sie dann in zwanzig Jahren sich selber ein Spritzenhaus gebaut, ein großes, mit einer großen Theke, einem Raum, wo die ganze Feuerwehr hineinpaßte und einem großen Häusergiebel, auf das der Anstreicher das Bildnis vom heiligen Florian malen sollte. Vorerst aber schlugen sie nur das Hüttchen auf, in dem sie auch in diesem Jahr um die Feierei gebracht wurden, denn während sie darin schufteten, konnten die anderen sich besaufen und tanzten die Polka ganz ohne sie. Dafür fing die Feuerwehr dann später um vier Uhr noch mal an und betrank sich ganz schnell und über alle Maßen bis es hell wurde und verabredete sich am nächsten Tag zum Restetrinken.

Sie schlugen schwere Nägel in das kalte Holz, zogen das Gerüst hoch und stellten die Wände auf.

Die Wirtschaft war aber nicht weit von der Schlipp, sie stand unten an der Kuhschißallee und vom Schafbach aus konnte man herübersehen. An der Schlipp stand das Haus vom Simpel und in Simpels Fensterrahmen stand Thea und sah, wie Fritz langsam und kräftig alles zu einer stabilen kleinen Hütte hochschaffte. Ob sie einer gesehen hatte, am Elften Elften, ob es einer wußte? Ob es einer denken würde, wenn sie jetzt hinging, ob einer drauf käme, warum sie in Wirklichkeit kam, sie war doch sonst nicht überall vertreten, sie hatte das doch auch sonst nicht gemacht, sie hatte sich auch sonst nicht direkt gekümmert, wenn die Männer was machten im Dorf. Aber jeder Schlag mit dem Hammer ließ sie zusammenfahren, sie hatte auf einmal Angst, die Hütte werde gleich fertig sein, schon rollten sie schwere Blecheimer voller Würstchen und Senf und Mayonnaise herbei, um sie vorerst im Saal unterzubringen. Thea krallte sich am Fensterbrett fest, dann beschloß sie, es doch zu tun, auch wenn man es nicht durfte. Also rannte sie in die Küche zurück, stellte einen schweren Topf auf den Herd und kippte drei Flaschen Rotwein hinein. Sie warf Zimt und Nelken dazu, und bald duftete es wie auf dem Weihnachtsmarkt. Die Zweiliterkanne war hoch voll. Thea nahm sie am Henkel, warf sich einen Umhang über und ging aus dem Haus.

Die Feuerwehrleute schrien schon von weitem.

«Ouh-ouh-ouh! Das Weib hat an uns gedacht! Ein

Weib hat an uns gedacht! Ou, Thea, das ist ja allerhand, du hast uns einen Glühwein gemacht, ja das ist recht, das ist ja was Feines!»

Sie hörten sofort auf zu arbeiten und begannen augenblicklich, den Glühwein zu trinken.

«Ja, ich muß euch doch estimieren! Wenn ihr hier schon in der Kälte herumschafft und euch die Gedärme erfriert, dann muß ich euch doch mal was bringen.»

«Das ist wirklich allerhand, Thea. Dafür trinkst du jetzt aber einen mit!»

«Ja, gern.»

Sie schütteten ihr ein in den Plastikbecher und der Dampf zog ihr in die Nase und der Glühwein ins Blut. Der Wein war süß. Thea lachte. Der Feuerwehrmann sah. Jetzt, wo alle Glühwein tranken im Schnee und sie beieinanderstanden, konnten sie wieder schauen. Das war, wie wenn zwei Wacken aufeinanderschlagen, das gibt Funken. Das war viel zuviel. Wo sie standen, schmolz der Schnee. Weil aber Thea in der Glut stand, zitterte ihre Stimme, und weil sie Angst hatte sich zu verraten, trank sie den Glühwein in schnellen, kleinen Schlucken.

«Thea, ist das wahr, du machst dieses Jahr auch was auf der Bühne?»

«Nun ja, ich will schon. Aber, also … mein Mann will es nicht. Ich weiß nicht, ob ich mir den so böse machen soll, daß ich ein halbes Jahr den Zores daheim habe. Ob es mir das wert ist. Der will das nicht haben.»

«Ja, laß ihn doch böse sein. Du brauchst dir doch von dem nichts gefallen zu lassen.»

«Ach Gott, im Moment ist er ja nicht da.»

Sie sah Fritz an. «Im Moment ... im Moment ist er auf Montage. An einer Baustelle. Am Rhein. Ich bin ganz allein ... da wollte ich euch ein wenig Gesellschaft leisten. Aber ich muß jetzt gehen. Seid schön fleißig!»

Dann rannte sie nach Hause und versteckte sich hinter den Vorhängen. Sie wartete und wartete. Sah, wie die Feuerwehrleute das Dach montierten, die Hämmer, die Schlag, die Säge zusammenräumten, sah, wie es draußen dunkel wurde und Fritz verstohlen einen Blick auf ihr Haus warf. Sie wurde rot, als Fritz zum Haus sah. Jetzt wußte sie, daß er kommen würde, sie wurde hitzig, flatterte und wartete. Die Haustür war offen, wie alle Haustüren im Dorf, denn hier stahl doch keiner was. Als sie ihn näher kommen sah, kaum daß die anderen verschwunden waren, kam sie ihm auf der Treppe entgegen, er aber kam die Treppe heraufgestürzt, so daß sie sich beizeiten in die Arme fielen und dann ein ganze Weile die Treppe nicht mehr hinauf- und nicht mehr hinunterkamen.

«Weißt du», flüsterte Thea, «weißt du, warte, wenn doch einer hineinkommt, ich kann doch die Tür nicht zumachen, es fällt doch auf, wenn ich als einzige auf einmal die Tür zuhabe, komm mit mir, komm!»

«Wenn du willst», flüsterte Fritz und suchte ihren weichen Mund, und sie fielen die Treppe hinunter mit ihren Kleidern, die sich schon verschoben und aneinanderreibend kaum noch hielten an ihren Körpern, und sie gelangten in die Küche, hinten hinaus und drängten in die offene Speisekammer. In Mirabellen und einem Säckchen Hafermehl, in Birnen und Kompott sind sie gelandet, sie sind noch ganz woanders gelandet, sie hatten ein Himmelreich in der Speisekammer, das niemand kannte. Sie hätten Stein und Bein geschworen, daß es nicht wahr gewesen sei, was sollten sie schon im Salztopf, im Honigeimer, in den Äpfeln vom Herbst, den Rauchwürstchen, beim eingekochten Holundergelee, in den eingelegten Pflaumen? Niemand hatte eine Ahnung, niemand würde sie stören, und diesmal schaffte es der Feuerwehrmann, diesmal war kein Halten mehr, Theas Brust kam endlich ganz frei, aus allen Hüllen. Diesmal gab er nichts und niemandem nach, der Geruch der Stachelbeeren machte ihn so wild wie der zarte Dunst um Theas allzu warmer Haut, er packte sie und warf sie in die Kartoffelsäcke hinein, bis endlich das stumme Gemüse im Gerüst von den machtvollen, menschlichen, rhythmischen Erschütterungen in der Enge der Kammer durch und durch gerüttelt und durcheinandergeschmissen worden war.

Das ist alles nicht wahr gewesen, und niemand hat es gesehen, denn es war draußen ganz dunkel. Nur wer genau hinhörte, der konnte ein Lied hören, das Lied der Einmachgläser, die auf dem Fensterbrett rappelten.

Auf Säukopp reimte sich überhaupt nichts.

Klatschkäs hatte es jetzt lange genug probiert. Säukopp, Knäulkopp, Kappeskopp, alles mit Kopp. Sopp. Schwierig, schwierig.

– Kugelblitz ging aus dem Haus
und sah nicht mehr ganz nüchtern aus.

Das ging nicht, denn Kugelblitz hatte sich ja nicht daheim besoffen. Er hatte sich in der Wirtschaft besoffen und war dann auf das Fußballfest marschiert.

Das Fußballfest lief wie geschmiert
bis Kugelblitz heranmarschiert.
Das Fest fing an, so richtig toll,
Nur Kugelblitz, der war schon voll.

Aber das war auch nicht recht würzig. Das konnte man noch besser bringen. Na, mal sehen. Wie er dann auf den Abtritt ging, da ist er ja dem Säukopp begegnet.

– auf dem Abtritt gesessen,
– an der Sau rumgefressen …

Irgendwie so was. Da mußte er noch was finden. Na, mal sehen. Beim Denken durfte Klatschkäs keiner stören. Er saß in der Ecke und sah auf die Schossee hinaus und man ließ ihn in Ruhe und schwieg still, weil ja jeder sah, daß er am Denken war.

Sie hatte sich nichts versprochen. Es war auch nicht schlecht, es genügte bloß nicht. Ilsebill genügte das nicht. Der Tanz hatte Pfeffer. SNAP! war o.k. Selbst die Kostüme standen allen gut, ein wenig Starlight Express, aber was schadete das. Nur, daß es nicht einmal im Ansatz so war, wie Ilsebill zu tanzen wünschte, und wie sie es auch gekonnt hätte. Natürlich, sie hätte etwas sagen müssen, den Mund aufmachen, dann hätten die Tanzweiber etwas davon aufnehmen können, sie hätte um Schritte kämpfen müssen, so wie jede um den Schritt kämpft, den sie sich ausgedacht hatte.

Ilsebill fürchtete sich, etwas zu erzählen von einem Tanz, den sie gesehen hatte auf einer Bühne, die es gar nicht gab. Sie mißtraute auch der Stärke ihres eigenen Wunsches und ließ es lieber sein, sich mit anderen zu streiten um die Wahl des auszuführenden Fußtrittes oder Armschwenks, weil sie nicht etwas verteidigen wollte, das sie noch nicht stark genug fühlte. Auch dachte sie, waren die Bewegungen für sie allein. Sie konnten nicht mit mehreren Leuten ausgeführt werden, es waren ihre eigenen, eine andere konnte das nicht übernehmen.

Am liebsten wäre sie mit einem Musical abgehauen, mit einem fahrenden Musical, einem tanzenden Weltzirkus. In alle Länder, in alle Flecken, gottweißwohin und frei sein, lose, alles lieben, was sie lieben wollte. Ilsebill machte leise die Musik an, in ihrem Zimmer, dachte sie sich laut und fing an zu tanzen.

Sie tanzte und tanzte und dann war es gut. Der Abend

hatte erst angefangen. Sie behielt aber die Unruhe. Sie wollte sich nicht verabreden, sondern so hinausgehen, wenn schon nicht in die Welt und über die Meere, so doch durchs Dorf, ohne gefragt zu werden. Sie lief einfach aus dem Haus, ohne Bescheid zu sagen, weil das ihren Reiz gestört hätte, und sie rannte zur Sumpfwiese und um den Schafbach herum, suchte den dicken Baum, der vom Blitz getroffen war und schlitterte über den gefrorenen Steg zum Eulenbirnenbaum. Wenn sie nur überhaupt gewußt hätte, wohin sie wollte und sollte. So landete sie wieder auf der Dorfstraße, ging die Kuhschißallee entlang und sah im Saal von der Wirtschaft das Licht. Sie kletterte auf den schmalen Sockel an der Häuserwand und sah hinein.

Tommi stand vor der Blasmusik und erklärte.

«Also wir machen Free Jazz. Ihr tragt alle so orange Sportanzüge, so dreiviertel offen, einigen machen wir einen Afro-Look, ihr kriegt schwere Goldketten um den Hals und Sonnenbrillen. Und ich, ich bin so was wie Jimi Hendrix. O.K.? Jetzt müssen wir das mal spielen üben. Beim Free Jazz wird nicht nach System gespielt. Nicht so, wie ihr das kennt. Mehr so ad libitum. Wir brauchen im wesentlichen einen gemeinsamen Anfang und wir müssen einen gemeinsamen Schluß finden. Dazwischen wird gespielt nach Belieben.»

«Alles kreuz und quer durcheinander? Das ist ja furchtbar.»

«Wenn wir einfach so losfarzen sollen, dann hätten wir doch das Instrument gar nicht lernen müssen.»

«Dann kann das doch auch eigentlich die Feuerwehr machen. Die können das doch spielen, dann haben wir die Arbeit nicht.»

«So», sagte Tommi. «Wir üben das jetzt einfach mal. Ich hebe den Stock und ihr fangt an.»

Er hob den Stock und alle fingen unschlüssig an, irgendwas zu dudeln.

«Rudi», sagte Tommi, «weißt du, was du spielst, ist immer: dädädä, dädädä. dätdätdät, dädädä, dädädä, dätdätdät. Das ist Egerländer. Das ist *nicht* Jazz. Du mußt dir eine Melodie überlegen. Irgendwas Wildes. Ich spiele mal ganz schräg Saxophon. Die Flügelhörner haben das übrigens sehr gut gemacht.»

Sie spielten noch mal und Tommi legte sich krumm und quer mit dem Saxophon. Schließlich setzte er das Saxophon ab, brachte mit dem Stock alles zum Schweigen, nahm das Mikrophon und schrie:

«I FEEL GOOD».

«Na ja ... das könnte was werden. Wir sind einfach ein wilder, verwegener Jazzclub.»

Dann stieg Ilsebill wieder von dem Häusersockel herunter, weil ihr die Hände zu weh taten, um sich an der Fensterbank zu halten. Sie hatte nicht gewußt, daß Tommi so schräg drauf war. Er hatte sich durchgesetzt zur Fastnacht, sie nicht. Sie war sehr beeindruckt. Daß ihm so was überhaupt im Kopf herumging. Einmalig. Noch einer im Dorf. Sie stapfte über den blanken Eisboden und fing an zu flüstern. I feel good. I feel good. I feel good.

An diesem Morgen ging nichts wirklich gut. Die Bäume waren gefroren, das Schälmesser rutschte ab an der tauenden Rinde. Immer wenn die großen Tore geöffnet wurden, um neues Holz in die Halle zu holen, blies ein eisiger Wind durch die ganze Kistenfabrik. Zwei Weiber waren krank, Muff hatte seine Thermoskanne zerbrochen und Immervoll hatte den Drückes. Immervoll hatte Maläste. Darum wollte er erst einmal in Ruhe auf den Abtritt gehen. Er verließ seinen Platz am Gatter, trank einen Schluck Kaffee, nahm seine Reval und die Zeitung und ging die drei Stufen hinunter ins Loch. Die schiefe Brettertür war von oben bis unten bestäubt mit Sägemehl, sie schwenkte lose in den rostigen Angeln. Die machte er mit dem schweren Holzriegel zu und setzte sich gemächlich auf die staubige Brille. Dann sah man nichts mehr von ihm und hörte nichts mehr. Muff und Rudi waren in der oberen Halle und hobelten und plagten sich und fluchten. Aber Immervoll blieb verschwunden.

«Sackzement, wo ist der denn schon wieder.»

«Der sitzt auf dem Klo.»

«Sollen wir hier alles alleine machen oder was.»

«Der macht da einen Gestank, da kann einer drin umkommen.»

«Wie lange ist der denn schon weg?»

«Gut und gern eine dreiviertel Stunde.»

«Eine dreiviertel Stunde? Ach was. Na warte!» sagte Muff.

«Jetzt langt's!»

Muff kriegte den Wutgockel. Und er nahm die Nagelmaschine, rannte runter zum Abtritt, visierte die Tür an und schoß sie mit der Nagelpistole rundherum im Rahmen fest. Das hielt für die Ewigkeit.

«So!» schrie Muff. «*Jetzt* kannst du sitzen!»

Dann ließen sie den Immervoll sitzen bis zum Mittag. Da war Immervoll ausgeräuchert. Wenn die Weiber nicht gekommen wären und die Tür aufgehebelt hätten, mit dem Meißel und der schweren Schlag, dann säße er gewiß noch heute drin.

Es war schon gegen Abend. Immer noch wollte Kappenwilli seine leibliche Ruhe behalten, aber das ging jetzt nicht mehr. Er hatte sich gerade sein Brot geschmiert, als es an der Tür klopfte. Draußen standen die Funkenmaschinchen.

«Na, na dann», sagte Willi. «Dann kommt mal herein.»

Die Funkenmaschinchen gingen mit in die Küche und stellten sich an die Spüle. Sitzen wollten sie nicht und kein Bier wollten sie trinken und auch kein Schnäpschen.

«Was habt ihr denn?» fragte Willi.

«Willi, wir wollen neue Kostüme als Funkenmaschinchen, weil, wenn wir keine neuen Kostüme kriegen, dann tanzen wir nicht mit.»

«Ei, heiliger, großer Gott. Da haben wir doch schon drüber geschwätzt am Elften Elften. Was haben wir da gesagt? Ja, von mir aus, wenn ihr neue Kostüme wollt.»

«Wir wollen rote Stiefel, einen neuen Rock und einen neuen Dreispitz.»

«Ja, ich weiß ja auch nicht. Dann geht mal zum Buxeknupp, der soll mal sehen, was in der Kasse ist.»

«Gut. Na, dann.»

«Na, dann.»

Die Funkenmaschinchen gingen wieder aus dem Haus und die Straße runter und gingen über den Milchplatz zum Buxeknupp. Diesmal klopften sie nicht mehr an, sondern gingen zur Haustür rein und riefen: «Buxeknupp? Bist du da?»

Buxeknupp kam aus dem Keller herauf und rief:

«Ja, was ist das denn? Unsere Funkenmaschinchen? Das ist aber fein, daß ihr mich mal besuchen kommt. Ich habe immer gerne Besuch von schönen Weibsleuten. Da bin ich aber sehr beehrt.»

«Buxeknupp, wir kommen vom Kappenwilli, du sollst sehen, was in der Kasse ist. Wir wollen nämlich neue Kostüme. Wenn wir keine neuen Kostüme kriegen, dann machen wir nicht mit.»

«Ou, Jesses, Mariosepp. Das trägt nicht dar. Wir haben kein Geld mehr. Wir kriegen doch eine teure Konfettikanone. Das können wir dann nicht mehr bezahlen.»

«Dann tanzen wir nicht.»

«Kann euch denn die Schneiderpaula nicht noch ein Röckelchen nähen? Das braucht doch nicht viel Stoff.»

«Wir wollen aber rote Stiefel. Die kann die Schneiderpaula nicht nähen.»

«Ja, heiliger Bimbam. Könnt ihr denn nicht noch ein Jahr warten?»

«Nein.»

«Dann geht zum Willi und sagt ihm, es ist kein Geld mehr da.»

Also gingen die Funkenmaschinchen zurück über den Milchplatz und die Straße wieder hoch und liefen zum Willi in den Flur.

«Da seid ihr ja wieder. Und, was hat der Buxeknupp gesagt?»

«Er hat gesagt, es ist kein Geld mehr da, weil die Konfettikanone so teuer ist.»

«Was? Eine Konfettikanone? Davon weiß ich ja gar nichts. Wieso haben wir denn eine Konfettikanone?»

Jetzt kriegte Willi den Wutgockel. Er zog sich die Jacke an und rannte aus der Haustür, und die Funkenmaschinchen folgten die Straße herunter über den Milchplatz zum Buxeknupp.

«Buxeknupp!!!»

Buxeknupp kam wieder aus dem Keller.

«Was ist denn? Halt doch nicht so einen Markt.»

«Wieso um alles in der Welt kriegen wir denn eine Konfettikanone?! Wer hat denn das gesagt? Wer hat die denn bestellt?»

«Ja, aber eine Konfettikanone ist doch schön!»

«Aber wer hat sie bestellt?»

«Ei», sagte Buxeknupp. «Ei, *ich* hab die bestellt.»

«Ja», riefen die Weiber, «aber wenn wir wegen der Kanone kein Kostüm kriegen?»

«Sakrament, ihr könnt euch doch mal selber rote Stiefel kaufen. Die könnt ihr doch das ganze Jahr noch anziehen», sagte Buxeknupp.

«Wir ziehen doch keine roten Stiefel im Jahr an! Rote Stiefel sind überhaupt nicht modern!»

«Und überhaupt», sagte Willi. «Buxeknupp, wie kommst du denn dazu, eigenmächtig das ganze Geld für eine Konfettikanone zu verbraten?!»

«Ei, das hast du doch selber gesagt. Am Elften Elften. Nachts um halb drei.»

«So? Habe ich gar nicht.»

«Hast du doch.»

«Das ist doch gelogen.»

«Nein, ich habe doch gesagt, eine Konfettikanone wäre schön und du hast doch gesagt: Jou.»

«So.»

«Ja, was dann.»

Die Funkenmaschinchen drehten sich um und stapften wütend davon.

«Wir tanzen nicht! In den alten Dingern – nä. Das habt ihr jetzt davon. Dafür tanzen wir nicht!»

«So. Blöder Hund. Das hast du jetzt davon. Eine Konfettimaschine hat keine schönen Beine. Die hat Räder unten drunter. So was Blödes wie eine Konfettikanone habe ich überhaupt mein Lebdestages noch nicht gehört. Blöder Hund. Jetzt können wir da rumdonnern und haben uns um die Funkenmaschinchen geprellt. Funkenmaschinchen und Konfettimaschinchen – das ist *nicht* dasselbe. Das haben wir jetzt davon. Buxeknupp, du alter, dusseliger Simpel, was bist du einmal ein blöder Hund.»

Endlich konnte er aufstehen. Endlich war alles aufgeschrieben mit der Hand und endlich gut gereimt. Fein säuberlich, vier Blätter war die Rede lang, länger durfte sie nicht sein, sonst wurde es langweilig für die Leute. Das hatte Hollefännes schon gelesen und auch im Kappenverein war das schon seit Jahren die Faustregel. Diesmal strahlte Hollefännes vor Stolz. Es war vielleicht die schönste Büttenrede, die er je zustande gebracht hatte. Alles reimte sich, keine Silbe war zuviel, alles war glatt und verständlich, kein Holper, kein Schlenker, gleiches Versmaß, gleiche Zeilenzahl. Nicht wie andere, die in der ersten Strophe sechs Zeilen hatten und dann mal vier, das kam bei ihm nicht vor.

Ich bin als Kellner Theo bekannt,
wenn ihr mich ruft, komm ich gerannt!
Ich mache lauter dumme Sachen –
da gibt es immer was zu lachen!

Da er so lange gedichtet hatte, konnte er alles auch schon auswendig. Noch nie hatte jemand eine Rede als Kellner gehalten, jedenfalls nicht in Seewies, das hatte er ganz allein erfunden, das stand auch in keinem Büttenredenheft, also, bloß in dem einen. Aber er hatte die Rede ja ganz *neu* gemacht. Einige Witze kannte man vielleicht schon, das gab er zu. Der Ober, der fragte: Wie fanden Sie das Schnitzel? Und der Gast sagte: Ganz zufällig unter einem Salatblatt. Das war jetzt nicht von Hollefännes, das hatte er gestohlen. Hoffentlich kannten den Witz noch nicht so viele. Aber an dem Abend, da waren ja alle recht lustig, da würden sie über den Witz auch noch mal lachen. Und gedichtet hatte ihn sowieso noch niemand gehört. Wenn er jetzt jemanden finden würde, dem er die Rede schon mal vorlesen könnte. Er hätte sie jetzt gerne einem gezeigt. Nicht seiner Frau Lona. Die wußte ja nicht so Bescheid mit dem Reimen. Aber dem Kappenwilli doch, damit er sich freute, über den Programmpunkt. Oder dem Klatschkäs, weil der ja auch schon so lange Büttenreden machte und sogar ganz zum Schluß drankam, weil er so gut war. Hollefännes konnte es nicht aushalten bis Fastnacht. Eigentlich war es ja auch noch mitten in der Woche. Aber im Dorf war ja immer einer unterwegs. Er wollte die Rede nicht jedem zeigen. Es war ja schließlich eine Überraschung und ein Geheimnis. Aber Buxeknupp vielleicht, dem könnte er sie mal zeigen. Also zog sich Hollefännes die dicke Strickjacke über und die Kappe auf, steckte die Rede in seine Brusttasche und ging aus dem Haus.

Er traf schon gleich den Kappenwilli in der Kuhschißallee. Aber Kappenwilli hatte gar keine Zeit.

«Deine Rede hast du fertig? Hollefännes, das ist ja großartig, ... jaja, aber, aber ich habe noch den Plattenleger daheim, dem muß ich zur Hand gehen, geh, geh mal zum Buxeknupp, der hört sich deine Rede bestimmt gerne an.»

Extra zum Buxeknupp gehen wollte er aber nicht. Lieber ging er in die Wirtschaft, da war ja gewiß irgendeiner.

An der Theke standen Klatschkäs und Immervoll. Klatschkäs meinte, er könnte sich leider Hollefännes' Büttenrede nicht anhören, weil dann käme er mit seiner Rede durcheinander. Im Saal sei aber Buxeknupp und würde die Hurt reparieren, dem könnte er bestimmt seine Rede vortragen. Aber Buxeknupp im Saal meinte, er müsse mit dem Hammer so schwere Schläge machen, da könne er die Büttenrede vom Hollefännes nicht hören und deshalb solle er wieder an die Theke gehen, da wäre doch der Immervoll und der hätte Zeit und der wäre auch ein alter Fassenachter und könne sich gut alles anhören. Immervoll war aber schon ganz besoffen. Hollefännes konnte aber trotzdem nicht mehr einhalten. Also fragte er den Immervoll, ob er seine Rede hören wollte und Immervoll sagte bereitwillig ja.

Damit sie keiner hörte, gingen sie hinten ins Stübchen.

– Ich bin als Kellner Theo bekannt
wenn ihr mich ruft, ...

Immervoll lachte sofort los. Dann hörte er aufmerksam zu, bis Hollefännes fertig war.

«Hollefännes! Das war die beste Rede, die ich jemals gehört habe.»

«Meinst du wirklich?»

«Das will ich wohl meinen! Darauf trinken wir erst mal einen.»

Hollefännes war glücklich. Er sagte sich, daß Kinder und Betrunkene die Wahrheit reden und überzeugte sich, daß seine Rede ein voller Erfolg werden würde. Darauf gab er dem Immervoll einen aus und so kam es, daß auch Hollefännes am Ende schon mitten in der Woche ganz besoffen nach Hause ging.

Buxeknupp rannte Kreuzqueren. Erst rannte er ins Oberdorf und dann ins Unterdorf und dann in die Hinterhecke und dann unters Kippchen. Unterm Arm hatte er einige Kreppapierrollen und wollte sie loswerden. Er fluchte die Schossee rauf und runter. Die Tanzweiber sollten die Rollen in schmale Streifen schneiden, damit sie wie ein Fächer und in langen Bändern über die selbstgezimmerte Elferrats-Hurt gelegt werden konnten. Selber zimmern konnte er die Hurt, mit ein paar Mann, das war alles schon richtig, aber nicht noch schmücken. Die Blumenfisimatenten waren Weiberarbeit und jetzt sollte er mit dem Kreppapier um den Weg herummarschieren, um jemanden zu finden, der es ihm schnitt. Die Tanzweiber. Das waren genau die richtigen, die das mal machen konnten. Aber die Tanzweiber waren junge Schnüßnasen, egal wo er hinkam, sie meinten, sie könnten das nicht und sie hätten überhaupt keine Zeit, weil sie ja noch Silberpailletten an ihre

Kettenhemden nähen müßten. Das ärgerte den Buxeknupp kaputt. Die faulen jungen Dinger, frech wie Dreck und für nichts zu gebrauchen, wer war er denn! Die Funkenmaschinchen hingegen brauchte er gar nicht erst zu fragen. Die waren ja böse. Nächstes Jahr kriegten die Funkenmaschinchen die dollsten Paradekostüme und die Tanzweiber kriegten alte Lappen, dafür wollte er, Buxeknupp, schon sorgen.

Na gut. Da stand das Haus der schönen Thea. Das war doch ein Weib. Ein gutes Weib. Eine, die wußte, worauf es ankommt im Leben, die würde ihn nicht so stehen lassen, die war so schön, wie sie gut war und patent und fleißig, die konnte ihm gar nicht nein sagen. Und wenn sie das Kreppapier nur anfaßte, dann hatte sie es geschwind in die besten, geraden Streifen geschnitten und die schönsten Rosen daraus gemacht, und sie sollte ihm überhaupt die ganze Hurt machen, wieso war er nicht vorher drauf gekommen. Thea, das war ein Trost, jawohl. Schließlich konnte er sich nicht noch hinsetzen und Kreppapier in Streifen schneiden. Irgendwann war es ja mal gut.

Als er vor Theas Haus stand, blieb er auf einmal stehen und er wußte nicht, was er hörte, aber etwas rappelte und klirrte eigenartig. Vielleicht spukte es bei Thea, das hatte man schon manchesmal gehört, daß da, wo die Toten nicht heimgehen konnten, die Gläser wakkelten. Ach Unsinn, Buxeknupp glaubte wohl, daß er selbst nicht ganz gar war in seinem Kopf. Er drückte die Tür auf und ging in den Gang und rief: Thea? Es rumpelte einen Moment, dann kam sie ihm aus der Küche entgegengeschossen, die Haare waren nicht gerichtet, sondern recht verdatscht und sie war ganz verschwitzt und hitzig und die Schürze hing ihr auch schebbich rundherum um ihr Hinterquartier.

«Thea, bist du schwer am Schaffen? Du bist ja zuunterst zuoberst verschafft.»

«Na ja, Buxeknupp, weißt ja, bis man immer sein Gerümpel alles vertan hat.»

«Ja, man schafft sich lendenlahm.»

«Was kann ich für dich tun?»

«Jou, ich habe hier das buntige Papier, das müßte schön in Streifen geschnitten werden, wenn du mal Zeit hättest ... –»

«Ou, Buxeknupp, ich habe mir gerade das Kartoffelgerüst neu aufgestellt, und ich habe noch so viel Arbeit, du weißt ja, wenn mein Mann heimkommt und es ist nicht alles rangiert, dann wird er so böse, oh, Buxeknupp, wie gerne würde ich dir helfen ...»

«Ou, das macht doch nichts, Thea, ich sehe ja, du hast dich schon außer Atem geschafft, du bist ja schon hinterrücks beim Luftholen, dann frage ich eben jemanden anderen, aber jetzt mach langsam, du bist ja batschetrippelnaß in der Brühe!»

Als er draußen war, ärgerte er sich doch. Es schien, als ob Thea mit dem Kartoffelgerüst die Einmachgläser zerdepperte. Er hätte ihr ja auch helfen können. Na, das ließ er mal bleiben.

«Das Leid-Sakrament, böses Kreuz! Donnerkeil

noch mal, wo soll ich denn noch herumrennen, bin ich denn der Allgemeinstölpel und renne den Weibern mit der Weiberarbeit hinterher, diesen frechen, dummen Weibern, Himmelarsch.»

Schließlich stand er vorm Haus von Hannjokebs Lisbeth. Er grummelte und grummelte und ging hinein.

«Ei, Buxeknupp! Das ist aber fein, daß du mich mal besuchst! Komm doch herein, komm, du kriegst auch einen Kurzen! Es gibt auch wieder was zum Verzählen! Was hast du denn? Komm herein auf mein gutes Sofa.»

Endlich fühlte Buxeknupp sich wohl. Er setzte sich in das Gehäkelte hinein und dann beschwerte er sich lange bei Lisbeth und daß ihm keine das buntige Papier schön schneiden wollte und aufhängen und daß er erst bei den Tanzweibern war und keine hat gewollt und dann war er auch noch bei Thea und die hat keine Zeit gehabt.

«Bei der haben die Einmachgläser gewackelt.»

«Die Einmachgläser? Na so was. Also komm mal her. Wir trinken uns jetzt hier mal ein Schnäpschen und dann schneiden du und ich zusammen das buntige Papier. Ich habe Zeit. Hier habe ich eine Schere und du machst mal das Papier auseinander. Ich muß mit dem Willi noch mal üben. Wir singen doch das Lied: Rosi, mei Rosi, du holde Makrele. Der Willi ist immer ein bißchen zu faul zum Üben. Der meint, der könnte das alles schon, aber wir wollen ja auch ein bißchen tanzen dazu.»

«Na, der wird sich wundern. Wenn einer was machen

will, dann muß man das auch mal üben, da muß der sich auch mal ein bißchen willig geben. Sonst wird das doch nichts.»

«Guck mal, Buxeknupp. Das Schneiden ist doch ganz einfach. Das ist doch alles schon in Rollen aufgewickelt, das Papier, gelle? Und da schneiden wir nur die Stücke ab, wie von der Wurst, und schon haben wir lange, schöne Streifen. Ganz einfach, was?»

«Ach, Lisbeth.»

«Ei, Buxeknupp. Und außerdem ist ja wieder soviel passiert. Der Immervoll.»

«Was ist denn mit dem schon wieder.»

«Den haben sie im Klo eingenagelt.»

«Was?»

«Jou.»

«Verzähl mal ganz genau!»

Und so blieben sie sitzen und saßen und saßen, bis es Abend wurde und Buxeknupp war sehr getröstet. Schließlich gingen sie auch noch los zum Saal und nahmen Nähnadel und Zwirn und Sicherheitsnadeln und Reißbrettstifte mit und fingen an, die Hurt zu verkleiden und die Bänder um die Wände herumzuhängen und das machten sie so schön und akkurat, daß es wunder-wunderbar aussah, und so was konnten die Jungen nicht, für so was mußten die noch ein wenig auf die Weide gehen. Außerdem war es schön im Saal und Buxeknupp und Lisbeth wurschtelten noch stundenlang da herum und ließen sich Zeit, bis sie fertig waren.

Der Feuerwehrmann gewann nur mühsam seine Haltung wieder. Der Trieb war gestillt, und die Natur gab ihm langsam den Verstand zurück. Über seine langen Knochen zog er vorsichtig die Hose, an der verräterisch noch etwas Mohrrübengrün hing. Er widerstand dem Wunsch, sich bei Thea zu entschuldigen für das, was er mit ihr gemacht hatte. Er wagte nicht, sie anzuschauen, und doch hatten sie es jetzt schon so oft getan. Und Thea, statt befriedigt und satt vor Glück aufzustehen, hockte auf dem Kartoffelsack und schüttelte sich in Tränen. Der Feuerwehrmann versank in tiefem Schuldgefühl, weil er an daheim dachte und weil die unglückliche Thea vor ihm deshalb weinen mußte, weil er den Anstand verloren hatte. So oder so war ihm ganz schlecht.

«Es muß ein Ende haben», sagte Thea. «Wir können das nicht weiter tun.»

Als Thea die Gedanken von Fritz ausgesprochen hatte, überfiel ihn die schlimmste Angst, er könne sie nun tatsächlich verlieren und die wilden Stunden mit ihrem rasseligen und ruhelosen Körper nie mehr genießen. Da fiel er vor ihr auf die Knie, küßte ihre Schenkel und streichelte sie wieder und wieder.

«Aber es merkt doch niemand! Weiß doch keiner!»

«Doch merkt es einer! Ich kann den Simpel nicht mehr ertragen! Kann es nicht haben, wenn er über mich steigt!»

«Der Simpel merkt doch gar nichts. Der ist taub wie der Amboß vor der Tür.»

«Aber ich! Ich soll es mitmachen! Willst du das? Willst du das, daß ich mit beiden ... zusammen bin? Dich hier und ihn in der Nacht?»

Der Feuerwehrmann schwieg. Aber es kam ihm tatsächlich nicht in den Sinn, Simpel auf gewisse Weise beschneiden zu wollen, und so war er zufrieden mit dem, was Thea ihm freiwillig schenkte.

«Wenn ich von dir komme», weinte Thea, «fühle ich mich rein, aber wenn er von mir runtersteigt wie das Vieh, dann fühle ich mich versaut.»

Fritz zuckte bedauernd die Schultern. Er begehrte nicht mehr als das stille Glück in der kleinen Kammer und war davon überreichlich bedacht, und alle Tage waren ihm davon versüßt, und nie hatte er etwas Größeres erlebt, und auch dafür fürchtete er, schwer bestraft zu werden an einem guten Tag. Er wünschte sich, daß nichts und noch mal nichts diese Stunden gefährdete, wenn erst einer was merkte und sich einmischte, dann konnte es schon vorbei sein, dann war das Geheimnis entweiht, und er stand da und war nicht mehr der ehrbare Mann, der so gut war, der sich nie etwas zuschulden hatte kommen lassen. Im Gegenteil, ein Ehebrecher war er dann, einer, der Frau und Kinder hinterging, der einem anderen die Frau ausspannte und nur wegen der Hurerei. Darum durfte niemand von ihr wissen. Niemand sollte sehen, wie es um seine fleischlichen Gelüste stand. Er konnte an nichts anderes denken. Aber ebenso fürchtete er ihre Leidenschaft, er dachte, sie könnte ihn jederzeit verraten. Darum versuchte er, sie still zu halten. Still und willig zu jeder Zeit. So kam es, daß Thea, dies alles spürend, ihn momentelang haßte. Sie haßte seinen stummen Rückzug.

«Wenn meine Kinder nicht wären ...»

«Das sagt man immer», sagte Thea bitter.

«Wieso, wer hat das schon zu dir gesagt?» Fritz wurde hellhörig.

«Niemand!» schrie Thea. «Niemand! Niemand! Aber das einzige was gildet, ist, ob man in ein Leutgeschwätz kommt! Oder nicht.»

«Man müßte durchbrennen», sagte Fritz versuchsweise, um ihr einen Gefallen zu tun.

«Ach, Fritz», weinte Thea weiter. «Du weißt, daß das nicht geht, aber ich liebe dich. Ich liebe dich so.»

«Ich liebe dich auch, ich habe nicht gedacht, ich ... ich meine, daß eine wie du ... du hast ja so ein Leben in dir, du bist ja so ein ... so ein Wildpferdchen, mein schönes, schwarzes Wildpferdchen ... dachte nicht, daß du dich abgeben könntest mit einem wie mir. Das ist für mich schon so viel. Weißt du? Das ist für mich schon so besonders.»

«Aber das genügt nicht, nein, es genügt nicht, so habe ich mir das nicht gedacht. Und es ist doch so ... es ist doch einfach so, daß deine Familie nicht verkehrt ist, dir geht es eigentlich gut mit Elvira und den Kindern, bloß ich, ich habe keine Kinder und einen Mann, dem ich am liebsten auf den Rücken sehe, wenn er endlich aus dem Haus geht. Darum kannst du gut bleiben und mir fällt es so schwer.»

«Was soll ich denn machen?» fragte der Feuerwehrmann ratlos.

«Weiß ich nicht! Weiß ich nicht!»

«Wir hätten vielleicht nicht das machen sollen.»

«Nein!» schrie Thea. «Nein, nein, das nicht, das sollst du nicht sagen! Ich hab dich lieb! Ich hab dich lieb!»

Jetzt umklammerte sie die beiden dürren Beine von Fritz und ließ ihn nicht mehr los, und sie küßten sich noch so lange, daß er einfach nicht fortkam und er blieb und fand den Ausgang nicht. Aber wie er dann ging, war er schon froher, und auch ein wenig stolz, aber so froh nun auch wieder nicht, denn er mußte ja schweigen über das, was er tat an Unrechtem und Verbotenem, das bedrückte ihn und dafür war er nun einmal nicht der Charakter.

So, noch vierzehn Tage. Jetzt langsam mußte alles in den Gängen sein. Die Hurt war aufgestellt, die Wurschtbude, die Kostüme waren in der Mache, Kappenwilli hatte schon mal mit Hannjokebs Lisbeth Rosi, ma Schnurpsel, du holde Makrele gesungen und das konnten sie sogar ganz gut, es schien sich also alles in die Reihe zu schaffen. Kappenwilli machte sich dennoch Gedanken, ob denn auch alles geraten könnte, und daß der Saal noch gerichtet werden mußte. Der Immervoll konnte ja auch mal helfen. Aber der machte ja mehr kaputt als gut. Der soff ja den ganzen Schnaps hinter der Bühne. Wenn mal alles gutging. Außerdem mußten ja auch Orden verliehen werden. Dem Pfarrer. Dem Sheriff. Man mußte ja jeden ehren. Orden kosten Geld. Ach was, sagte Kappenwilli, die Orden machen wir aus Pappendeckeln. Aus Bierdeckeln. Das langt. Ist ja ein Karnevalsorden. Zuckersteine. Zuckersteine müssen wir auch noch kaufen. Kaufen wir im Konsum. Wenn der Konsum die Zuckersteine spendiert, kriegt der Konsum auch einen Orden. Der Kugelblitz hatte doch Geld. Der konnte mal hinter der Bühne den Schnaps spendieren. Dann kriegt er auch einen Karnevalsorden. Und Schneiderpaula. Die nähte doch die ganzen Kostüme. Dafür kriegte die dann auch einen Orden. Die Funkenmaschinchen, weil sie noch mal im alten Gewand tanzten. Aber dann merkten ja die Leute, in was für alten Brocken sie auf die Bühne gingen, das war auch nicht gut. Außerdem wollten sie ja überhaupt nicht auf die Bühne. Na, na. Na, jedenfalls, wenn sie ordentlich Orden verleihen würden, dann hatten sie auch noch mal einen Punkt zusammen. Kappenwilli dachte lange darüber nach, ob er auch niemand vergessen hatte, der geholfen hatte, damit auch keiner beleidigt war.

Die Opernhalle hatte ausgedient. Die Tanzweiber hatten den faulen, sich wölbenden Boden der Baracke wieder zurückgestampft, hatten sich mit zehn Schritten vor und drei in die Breite ausgedehnt und so war ihr Tanz entstanden, heißer Techno, endlich war der Tanz fertig. Weil sie immer die karierten, bräunlichen, starren Vorhänge vor die Fenster gezogen hatten, wußte keiner, wie sie eigentlich tanzen würden und außerdem hatten sie jedem verboten zuzuschauen, sogar dem Kappenwilli, der doch als Sitzungspräses die Ansage machen mußte und deshalb wissen wollte, was sie sich denn eigentlich zurechttanzten. Jetzt aber war es soweit, daß sie auf die Bühne gehen konnten. Sie mußten ja sehen, ob die Schritte, die in der Opernhalle gepaßt hatten, auch auf der Bühne Platz hätten.

Sie freuten sich auf die Bühne. Johlend zogen sie in den Saal ein, bauten den Kassettenrekorder auf und stellten sich auf die Bretter. Schon von der Formation her war es eigentlich falsch. Sie mußten jetzt so eng zusammenstehen, daß sie sich beim Arme- und Beineschleudern ins Gemeng kamen und deshalb trug es nicht dar. Also mußten die äußeren Mädchen, Carola und Katrin, einen Schritt vorgehen. Das war aber ungünstig, weil Carola ja nie den Takt halten konnte, wenn sie aber die Mädchen auswechseln würden, dann stand die lange Mareike neben der kurzen Sabrina, das war nicht gut. Mareike hatte auch so dünne Beine und Sabrina solche Stempel, die konnten sie unmöglich nebeneinanderstellen. Wenn sie aber noch mehr durcheinanderstellten, dann verloren sie die Wegsteuer und wußten nicht mehr, in welche Richtung sie tanzen sollten. Schließlich tauschten sie Carola mit Ilsebill, denn Ilsebill konnte sich immer noch am schnellsten eintanzen und Carola mußte eben so mitgeschleift werden, das mußte sie dann neu üben. Wenn jetzt noch die drei Flamingos ihre Musik aufbauten und die Trommel und alles auf der linken Seite stand und rechts die Bütt, dann wurde es noch enger. Sie mußten sich irgendwie behelfen und zogen mit Kreide einen Strich, wo denn die Trommel und die Orgel ihrer Meinung nach enden mußten. Na, jedenfalls ging es dann so, außer daß die Kassette jetzt schon vom vielen Üben ganz abgenudelt war und sie jemand noch mal neu aufnehmen mußte, und ob es dann mit dem Lautsprecher durch den ganzen Saal klappte, das war immer so was. Die Tanzweiber tanzten also und plagten sich, da kam die Blasmusik herein und beschwerte sich, weil sie nämlich jetzt auf der Bühne üben wollten. Sie übten ja schließlich immer um die Zeit.

«Wir müssen aber noch dreimal durchtanzen», riefen die Weiber.

«Dann können wir ja zugucken!»

«Nein, ihr dürft überhaupt nicht zugucken!»

«Doch, wir gucken zu!»

«Geht in die Wirtschaft!»

Aber die Blasmusik ging nicht in die Wirtschaft, extra, weil sie ja sehen wollten, wie die Weiber ihre Arme und Beine um sich warfen und sich verrenkten. Deshalb zeterten diese noch eine Weile, aber da ging erst recht niemand mehr weg. Also warf Mareike den Kassettenrekorder an und alle stellten sich auf und dann sprangen sie schlagartig auf den vierten Takt in die Luft und trampelten abwechselnd mit geraden Beinen auf den Bühnenboden. Ilsebill tat, als wäre sie überhaupt nicht dabei. Obwohl sie jeden Schritt machte, genau wie die anderen, schien es, als schwebte sie dabei in der Luft herum, als träumte sie in den Hollen, als stellte sie nur leichtfertig ihren Körper zur Verfügung, damit er den anderen zu Gefallen in der Reihe stand. Sie trat nicht ein einziges Mal daneben, sie sprang, sie saß, sie drehte ihre Ellenbogen auswärts, so als müßte sie sich nicht kümmern. Sie kümmerte sich einfach nicht. Tommi stellte sich an die Theke, die jetzt noch ungenutzt und leer war und sah grinsend zu, wie sich die Weiber bewegten. Es schien ihm, als ob sie außerordentlich herumfuhrwerkten, gut so, mit genügend Pfeffer und mit genügend Freude, ja, das konnte was werden, auch die Musik, das gefiel ihm. Aber als er Ilsebill entdeckte, war alles aus. Wie ein Springteufel flog sie aus dem ganzen Bild heraus, setzte über, warf sich ins Licht und sprengte Tommi die Augen aus dem Kopf. Er wurde stocknüchtern auf einen Schlag und dann war es so, daß die Weiber aufgehört hatten zu tanzen, aber Ilsebill tanzte vor seinen Augen immer weiter und drehte sich und drehte sich, bis ihm schwindelig wurde. Wie würde sie erst aussehen in dem Kostüm? Sie hielten ja ihre Kettenhemdchen ebenso geheim wie vormals ihren Tanz, man sah sie nur in Jeans herumturnen oder in dicken Jogginghosen, denn sowohl in der Opernhalle als auch hier im Saal war es kalt. Den Saal aufzuheizen, kostete viel Geld und bis er warm war, dauerte es einen ganzen Tag und in drei Minuten hatten die Weiber alles heruntergetanzt, da ließ der Wirt den Saal lieber kalt für die Proben. Ilsebill aber hängte sich nichtsahnend ihren Parka über und schlurfte herunter, um sich auf einen Stuhl zu setzen.

Mareike holte für alle etwas zu trinken, und somit waren sie eingedeckt, um ihrerseits der Blasmusik zuzuhören. Sie hatten gar nicht zuhören wollen, aber zur Strafe wollten sie deren Geheimnis nun auch wissen und sie ordentlich unsicher machen mit ihrem Gegacker. Sie setzten sich fest und gingen keinen Schritt mehr hinaus. Ilsebill betrachtete Tommi und war gespannt, wie er heute singen würde.

Es quietschte an der Außentür und seltener Besuch kam in die Saalmitte hereinmarschiert auf kurzen, sehr kurzen und angeschwollenen Beinen. Es war Mehlbachs Minna.

«Ja, Minna! Wo kommst du denn her? Willst du auch einen Auftritt üben für die Fastnacht?» rief Rudi.

«Nein, ich doch nicht! Ich bin doch viel zu alt für so dumme Fürze, Hörrjeh. Ich wollte bloß fragen ...»

«Was denn, Minna?»

«Was denn?» fragten die Tanzweiber.

«Na, also. Ihr seid doch alles Fassenachter und ich wollte fragen, ... ob.»

«Was denn, Minna?»

«Was denn?» fragten die Tanzweiber.

«Ich wollte mal fragen, ob ihr gewahr geworden seid, ob die, also ob ihr, ob da einer was macht, weil ich doch in die Mülltonne gefallen bin.»

«Aber Minna, wie kommst du denn darauf?»

«Na ja, es könnte ja sein, ich meine, es könnte ja sein, daß mich da jetzt einer durch den Kakao ziehen will ...»

«Dich Minna? Aber wie kämen wir denn dazu, das würden wir doch nicht machen, sieh mal, wir machen Musik hier oben und das da sind die Tanzweiber. Wir machen schon mal überhaupt nichts über dich.»

«So, na ja, ich meine nur ... bei euch kann man nie wissen.»

«Minna?»

«Hm?»

«Sag mal ... wieso hast du dich denn mit dem Kopf in die Mülltonne gestürzt?»

«Ach, du dummer Säuprügel. Ich wollte nur sagen, daß ihr es auch den anderen sagt: Ihr sollt nichts über mich machen. Das braucht nämlich keiner zu wissen, daß ich in die Mülltonne gefallen bin.»

«Gut», sagte Rudi. «Dann sagen wir jetzt allen, daß du nicht willst, daß über dich gesagt wird, daß du in die Mülltonne gefallen bist.»

«Das ist recht so, Rudi. Dann danke ich recht schön.»

Mehlbachs Minna ging wieder und zockelte auf ihren dicken Beinen in die Nacht hinaus.

Tommi knöpfte einen Sack auf und holte acht Sonnenbrillen heraus, die er in Blaukrauthausen günstig gekriegt hatte für nicht viel Geld.

«So, die müßt ihr aufsetzen. Damit ihr ordentlich schräg ausseht.»

«Das ist gut», sagten die Musiker. «Da wir sowieso nicht wissen, was wir spielen, können wir es geradeso blind machen.»

Tommi setzte das Saxophon an, und in dem Moment

geigten alle mit Begeisterung ordentlich los und spielten, was ihnen einfiel. Die Weiber quatschten ununterbrochen hinein.

«Ist ja irre. Guck mal, eine ganz wilde Dicke-Backen-Musik.»

«Das sollten sie öfter machen. Egerländer Free Jazz.»

«Die sehen heiß aus. Ist ja gar nicht öde.»

«Nee, ist nicht öde.»

Niemand merkte, daß auch noch Klatschkäs hereinkam und sich mit seinem Bier an die Theke stellte.

«Na, was ist denn das da.»

«Das?» sagte Mareike. «Das ist die Bronx von Seewies.»

Dann kam Buxeknupp aus der Wirtschaft.

«Ou, Klatschkäs. Was machen die denn. Das ist doch keine Musik nicht. Das zieht einem ja die Därme aus dem Leib.»

«Das ist die Bronx von Seewies.»

«Was ist denn Bronx? Kenne ich nicht. Aber ich habe selber eine Bronx dabei. Außerdem haben sie den Immervoll im Klo eingenagelt.»

«Was?» rief Klatschkäs. «Erzähl! Verzähl mal ganz genau!»

«Ei, der saß schon eine ganze Stunde auf dem Abtritt. Mit der Zigga und der Zeitung. Und der Muff und der Rudi mußten die Baumstämme allein machen. Und da hat der Muff angefangen zu randalieren und hat den Immervoll eingeschossen. Dann haben sie ihn bis Mittag ausräuchern lassen und da haben ihn dann die Weiber befreit.»

Klatschkäs war begeistert. Er holte sich sofort einen Bierdeckel und schrieb alles auf. «Das ist ja ein starkes Stück! Dafür gebe ich dem Muff einen aus!»

«Ich gehe jetzt und hole *meine* Bronx.»

«Was ist das denn?»

«Wirste schon sehen.»

Buxeknupp ging zum großen Tor und öffnete es sperrangelweit und alle schrien, weil es ja sowieso schon so kalt war.

«Buxeknupp, laß gefälligst das Loch zu!!»

Aber Buxeknupp ließ sich nicht beirren. Voller Stolz holte er die Bronx herein: eine nagelneue, blitzende und mit wilden Karos übersäte Konfettikanone. Er strahlte vor Stolz.

«Heiliger Bimbam!»

«Das darf doch wohl nicht wahr sein.»

«Was hat er denn jetzt?!»

«Buxeknupp, du hast doch 'nen Schlag.»

Dennoch halfen alle, die Kanone auf die Bühne zu heben. Mit der Musik gab es jetzt nichts mehr. Alle wollten auf der Stelle die Konfettikanone ausprobieren. Buxeknupp fütterte die Kanone mit einem ganzen Sack Konfetti.

«Achtung!» schrie er. «Alles in Deckung!»

Die Blasmusik und die Tanzweiber und Klatschkäs duckten sich. Buxeknupp zündete mit glänzenden Wangen die Lunte an. Erst ging es nicht, weil sie gefroren war. Aber dann zischte es, und auf einmal tat es einen mordsmäßigen Schlag, und das geballte Knäuel zusammengepappter Papierblättchen schoß an die Decke und riß die ganze Luftschlangenpracht und die Lampe herunter und alles krachte in den Saal. Die Tischdecken waren völlig versaut. Der Wirt stürzte herein und schrie, als er die Bescherung sah.

«I feel good!» sang Ilsebill.

Tommi fuhr herum und starrte Ilsebill an. Als ob sie immer noch tanzte. Auf ihr eigenes I feel good. Auf einmal dämmerte ihm, was der Blasmusik noch fehlte. Es hatte ja was gefehlt. Was fehlte, war ein wildes Weib mit einer Hochfrisur, ein sich wiegendes Weib in Latex. Ihm kam eine Idee.

«Buxeknupp», stöhnte Klatschkäs. «Wie kannst du denn nur einen ganzen Sack voll Konfetti auf einmal in die Kanone stopfen? Da brauchen wir ja einen Laster voll Konfetti und hinterher müssen wir den Saal abreißen. Da gibt es doch bestimmt eine Gebrauchsanweisung für eine Konfettikanone. Die muß man doch erst einmal studieren!!»

«Ja, das ist wohl wahr, Klatschkäs. Da hast du recht gesprochen. Ich konnte aber doch nicht so lange warten. Ich dachte, wenn ich alles reinstopfe, dann ist der ganze Himmel voller buntiger Fleckchen, dann regnet es durch den ganzen Saal lauter kleine Pünktchen, das ist doch so schön, wenn alles runterfliegt, wie das wirbelt, wenn überall die buntigen Pünktchen durch die Luft heruntertanzen, als wär der ganze Himmel voll davon ...»

Thea behandelte ihren Simpel gut. Sie behandelte ihn eigentlich immer gut, sie steckte ihm die Wärmflasche ins Bett, sie schmierte ihm das Brot und schnitt es in kleine Müffelchen, sie ließ ihn das Fußballprogramm sehen und jeden Krimi, sie jagte anderleuts Kinder vom Hof, wenn er sie nicht vertrug. Jetzt steckte sie ihm noch öfter die Decke fest, kochte noch besser und stellte alles parat, wenn er nur zur Tür hereinkam. Der Simpel behandelte Thea aber nicht gut. Eben schrie er. Thea stand am Küchenschrank und wehrte sich gar nicht. Der Simpel sah aus, als wollte er einen Stuhl an die Wand werfen. Er schäumte über und es platzte ihm ein Hosenträger, der in hohem Bogen durch die Luft schnallte. Es klang, als würde er sie mit dem Gummiband peitschen. Thea ließ sich alles gefallen.

«Für andere den Idioten machen! Ha? Das tust du nicht! Hörst du?!»

Er packte sie am Hemdkragen und schüttelte sie hin und her.

«Du gehst nicht da oben hin und machst dich zum Affen wie die anderen! Das können die machen, die sind dumm genug dazu. Konnt ich noch nie leiden, noch nie! Das ganze Fastnachtsbrimbamborium und ausgerechnet du! Du willst dich da oben hinstellen!!»

Thea schwieg.

«Du wirst nicht dich und mich blamieren, hörst du?»

Er raste wie ein Hirsch durch die Küche. Dann ließ

er sich auf den Stuhl fallen und schnaufte. Grübelte. Erst als sie versuchte, sich leise an den Abwasch zu machen, fuhr er wieder herum.

«Und mit was? Mit was denn? Was kannst *du* denn, das du da oben zeigen willst?! Kannst du mir das mal sagen?»

Nur weil Thea nichts sagte, kriegte er so den Zorn, daß er drauf und dran war, alles zu zerschlagen und den Kochtopf übers Fensterbrett zu schmeißen. Weil sie nicht sagen wollte, was sie dachte, weil sie nicht sagte: Nein, du hast recht, ich mache es nicht, weil er sie einfach nicht in den Griff bekam.

«Du *Weibsmensch*!!»

Jetzt riß er sie an den Haaren, bis sie weinte.

«Was willst du denn?»

«Ich will, ... ich will in diesem Jahr auch einmal etwas auf der Bühne machen. Etwas Lustiges. Ich ... ich habe mir was ausgedacht.» Thea heulte. Da hörte er auf. Thea heulte, denn er hatte sie ja eigentlich an den Haaren gerissen, weil sie mit dem Feuerwehrmann zugange war. Der Simpel kam wieder zu Verstand. Setzte sich und schnaufte und bockte noch eine Weile weiter, aber er tat ihr nichts mehr. Er hielt den Rand. Thea dachte, daß sie es doch machen müßte. Daß sie unter allen Umständen auf die Bühne gehen würde. Sie wußte, was sie anziehen wollte. Einen schwarzen Stoff. Einen glänzenden, engen Stoff, der sich um sie schlingen würde, der sich nach unten öffnete in einem großen Bogen, so daß er um die Beine weit schwang, ohne Träger, oben frei, sie wollte ihre Schultern zeigen und ihre Haare, die weit über den Rücken fielen, sie wollte sich zeigen, für den Feuerwehrmann, der sollte sie sehen und für den tanzte sie allein. Die Kerle, die sie auf die Bühne holen wollte, das war schmückendes Beiwerk, das war, um den Tanz ins Lustige zu ziehen, eine Ablenkung davon, daß sie ein einziges Mal im Leben so schön sein wollte wie die Sünde, daß sie einmal den Leuten mit ihrem Auftritt ins Gesicht schlug, so wie sie war, so, wie sie daherkam, an jenem Abend, den sie in glänzendem Lichte vor sich sah. Sie sah ihren Mann dasitzen, mit dem groben, breiten Rücken im karierten Hemd, hörte ihn schnaufen und sah ihn sich bedenken, in seinem Trotzbock erstarren, war bereit, ihn starren zu lassen, sich prügeln zu lassen, wenn es drauf ankam. Er hatte schon recht, aber das war etwas anderes, das wußte er nicht, darum gab sie ihm zu und ließ ihn sitzen und räumte den Küchenschrank ein.

Man hatte selten einen Steinlochsdorfer in Seewies gesehen. Was sollten sie am Ende hier, hier hatten sie nichts verloren, die Steinlochsdorfer feierten nicht in Seewies und niemals wäre es einem Seewiesener eingefallen, etwa in Steinlochsdorf in die Wirtschaft zu gehen. Nicht mal an Kirmes besuchten sie sich. Eher fand man noch einen Blaukrauthausener auf der Seewiesener Kirmes oder die Seewiesener tanzten auch mal in Blaukrauthausen.

Aber die Steinlochsdorfer gingen nicht nach Seewies,

weil es ihnen zu wüst, zu wild und verlottert war. Die Seewiesener gingen nicht nach Steinlochsdorf, weil es ihnen zu verschlafen und zu einfallslos war. Manchmal heiratete ein Steinlochsdorfer eine Seewiesenerin, da kam es dann vor, daß man sich in der Verwandtschaft besuchte. Aber wenn nicht gerade Vatertag war, oder der Erste Mai, wo alles mit dem Handwagen unterwegs war, wenn nicht gerade Wallfahrt durch die Dörfer ging oder sonstwas passierte, gingen die Seewiesener und die Steinlochsdorfer nicht durcheinander.

Aber das, was da heute über die Schossee rannte, war doch eindeutig ein Steinlochsdorfer. Nicht nur einer, sondern mehrere. Es war doch kein Spazierwetter und auch sonst bewegten sich die Steinlochsdorfer ja meistens überhaupt nicht, darum fragte man sich, was sie denn eigentlich am hellichten Tag in der frostigen Zeit in der Gemarkung taten. Sie gingen auch gar nicht zusammen, sondern taten, als würden sie sich nicht kennen. Sie trugen schwere Bagage mit sich, das war wirklich absonderlich. Denn ein Moped unter dem Hintern haben oder sonst irgendwas fahren, das konnten die Steinlochsdorfer schon. Daß sie derart in der Gegend herumlatschten, war nicht ihre Art. Eigentlich wußten die Seewiesener genau, daß sie die Steinlochsdorfer gewaltig ärgerten. Das stimmte schon. Sie waren jedes Jahr sauer, wegen der Wallfahrt. Wegen dem Jammertal. Weil die Gemeinde unzählige Gebete sprach, wenn sie durch das Steinlochsdorf wandern mußte. Aber bevor noch die Leute von Seewies gemerkt hatten, daß seltsame Gestalten durch das Dorf wanderten, hatten diese sich schon im Dorf in fünf Richtungen geteilt und gingen jeweils aus einem Ortsausgang hinaus. Ein Weg führte nach Steinlochsdorf, einer nach Schelmberg, einer nach Hellingen, einer nach Blaukrauthausen, und einer nach Linnen. Die Seewiesener, die es sahen, sagten, daß die Steinlochsdorfer sich jetzt hier getroffen hätten, weil sie vom Milchplatz aus mit seinen fünf Wegen, die von dort aus wie ein Stern in alle Himmelsrichtungen gingen, um die ganze Welt gehen wollten, um sich in einem Jahr wiederzutreffen, hier, wo die Welt anfing und wieder endete. Das sah man ja an den fünf Straßen, genau wie beim Strunk an der Tomate.

Die Steinlochsdorfer gingen aber nicht in die ganze Welt, noch nicht einmal bis Hellingen oder Linnen, sie gingen nur bis zum nächsten Ortsschild. Dort packten sie ganz schnell ihr Scheppelgebens auseinander, öffneten in Eile einen gelben Farbtopf und schmierten das Schild voll. Und bis die Farbe ein wenig angetrocknet war, blieben sie in Dornschlengergebüschen hocken. Dann raste wieder einer heraus und pinselte irgendwas mit Schwarz darauf. Dann packten sie ihre Siebensachen und machten sich davon durch die Wälder und über die Feldwege und die Äcker, und niemand hat sie mehr gesehen.

Als Kappenwilli am Feierabend von der Arbeit kam und in das Dorf hineinfuhr, stand auf dem Ortsschild:

– SCHNAPSKOPPHAUSEN –

Gegen Abend versammelten sich die Seewiesener um die Ortsschilder und besahen die Bescherung. Überall stand es: Schnapskopphausen. Inzwischen waren aber so viele Blaukrauthausener, Linnener und Schelmberger durch Seewies gefahren, daß eigentlich nichts mehr zu retten war. Alle hatten es gelesen.

«Jetzt meinen alle, die das lesen, wir würden hier viel Schnaps trinken.»

«Jetzt werden wir ja gerade ins rechte Licht gerückt.»

«Jetzt stehen wir ja schön da.»

«Heiliger Bimbam.»

«Bloß weil die ein ganzes, heiliges Jahr nicht vor die Bude gehen. Bloß weil die Steinlochsdorfer so langweilig sind und ihnen nichts und gar nichts einfällt, deshalb werden wir gescholten, wenn wir mal ein bißchen feiern.»

«Na, jetzt ist ihnen ja was eingefallen.»

«Ja. Man kann jetzt gar nicht mehr sagen, die Steinlochsdorfer täten überhaupt nichts mehr und es fällt ihnen nie was ein.»

«Das wissen die selber nicht, wie sie das fertiggebracht haben.»

«Das haben die nur unserer Wallfahrt zu verdanken, daß sie jetzt einmal was erlebt haben. Das Gebet hat dem Jammertal gutgetan.»

«Ja.»

«Was machen wir denn jetzt?»

«Bis Fastnacht können wir es doch stehen lassen, da ist es doch gar nicht so richtig verkehrt.»

«Wir könnten das Schild ja auch beim Wort nehmen.

Sie haben ja auch gar nicht auf das Schild geschrieben *was* für ein Schnaps.»

«Ei, ja, na ja, Korn.»

«Gut.»

«Ja, sollen wir denn das Schild jetzt so stehen lassen? Da sind wir schon so ein bißchen blamiert.»

«Wir können ja alte Lappen drumbinden.»

«Jou, alte Lappen, das ist gut.»

«Dann müssen wir morgen neue Schilder machen lassen.»

«Wir können sie doch aber auch stehen lassen, wie sie sind. Ist doch egal.»

Dann gingen die Seewiesener doch und holten alte Lappen und brachten einen Korn mit und tranken sich einen und wickelten die Schilder in Lumpen ein.

«Na, das sieht jetzt aber aus. Ob man nun ein Ortsschild hat, wo Schnapskopphausen draufsteht, oder ob es in alte Lappen eingewickelt ist, da sieht ja eines so blöd aus wie das andere.»

«Korn trinken will doch auch gelernt sein, Himmelsakrament. Den muß man so trinken, daß man sich auch nach dreien noch zeigen kann, und man muß es üben, daß man nach fünfen oder so richtig gerade steht. Das braucht doch seine Zeit. Und ein Steinlochsdorfer, Gott, was will der schon, der fällt ja nach einem Gläschen durch die Gegend und meint dann, das Zeug, das wäre Säuerei.»

«Auf das Jammertal!»

«Ja! Auf das Jammertal! Prost!»

Ausgerechnet in den ersten Februartagen stieg die Sonne hoch und schien über alle Maßen, das konnte keiner ahnen, nicht in diesen Tagen. Dennoch schien sie auf die Weiden, als wollte sie ihnen frühzeitig ein paar Kätzchen herauspressen, als wollte sie einmal neben der Reihe sich vergeben und spornstreichs die Verhältnisse umdrehen. Diese wenige warme Sonne bekam allen außerordentlich gut. Um diese Jahreszeit versuchten doch alle, nicht daran zu denken, daß es überhaupt Jahreszeiten gab. Diese jedenfalls sollte mit ihrem ekeligen, kalten Frostgebaren unmerklich hinter ihrem Rücken vergehen. Denn die Leute waren käsig in den Gesichtern, und von den Lebenssäften war nicht mehr viel im Leib, alle quetschten die Arme über den dürren Rippen zusammen und man sah unter sich. Da aber, wo die Sonne auch nur um ein weniges und überraschend einfach so einmal schien, wärmte sie wirklich die Schuppendächer und brachte die Hühner zum Gackern, die daraufhin albern gekitzelt in der Hurt herum mit schwankenden Köpfen die Kreuzqueren liefen. Die Leute streckten die Gesichter in die Sonne und wollten beschienen sein. Ihre Haut war so grau, daß die Sonne sich lange auf sie legte, ohne sie zu berühren, bis sie durch den dicken Talg hindurchkam, bis die Haut überhaupt das warme Strahlen bemerkte.

Hannjokebs Lisbeth fing sofort an zu singen. Sie wollte nach draußen, sang ein Lied von den Rommeln, der blühenden Struthecke, dabei hatte sie über die Kittelschürze eine Strickjacke gezogen, die Socken von ihrem Egon über die dünnen Strümpfe und ging mit den Pantoffeln in den Hof. Sie mußte unbedingt Wäsche aufhängen, raus, draußen in den Hof. Die Katze lief hinterher, streckte den Schwanz kerzenstracks in die Luft und wurde ebenso albern wie die Hühner, tollte im Dreck herum und wälzte sich überall.

Das Fastnachtslied brauchte Lisbeth nicht mehr zu üben. Das konnte sie schon. Selbst Kappenwilli hatte sich bei den Proben nicht so simpelig angestellt, wie sie das vermutet hatte, nein er ging sogar ganz aus sich heraus, fing Spaß an dem Lied und jedesmal, wenn er sang: Rosi, mei Rosi, du holde Makrele, wir sind füreinander bestimmt! – warf er sich auf die Knie und sang den Rest vom Erdboden weiter, dann küßte er ihr die Hand, stand auf dem und sie sangen im Duett. Das war so schön geraten wie Lisbeth es nicht vermutet hatte, sogar die Tanzschritte zweibeinig nach links und rechts und absichtlich aus dem Takt gesprungen, das alles machte sich tadellos und brachte sie in Stimmung. Wobei sie sich aufregte. Jetzt kamen die Tage, wo sie anfing, sich aufzuregen. Es waren ja nur noch wenige Tage. Obwohl sie doch schon so oft in der Bütt gewesen war, regte sie sich immer noch auf, obwohl doch alles gut klappte, aber dessen wurde man nie gewahr vorher. Die Sonne jedenfalls machte auch Lisbeth munter und ein wenig albern.

Hatte sie nicht gehört, daß es Schreie tat? Die Schreie kamen aus dem Simpel-Haus. Na, das war nicht verwunderlich, der Simpel, der schrie doch manchesmal, das war doch ein doller Prügel, was konnte denn von dem schon kommen. Aber nein, diesmal kam es ja von der Thea, ach du lieber Gott, da kriegte man eine Aufregung, das ging Lisbeth sofort ans Herz. Der würde doch das Thea nicht verschwarten, das hatte er denn doch noch nicht gemacht, jedenfalls hatte sie das noch nicht gehört von der Nachbarschaft. Wenn er an das Thea kam, der Prügel, dann durfte er das nicht, dann mußte sie doch jetzt helfen. Himmel, wenn er ihr das Fell gerbte, dann würde sie ankommen mit der Mistgabel. Den Simpel hätte sie gerne mal verdroschen, warum denn auch nicht.

Aber Thea kam aus dem Haus rausgerannt und blieb an der Hauswand stehen und sie heulte und hielt sich den Leib.

«Himmel, Thea, was ist denn passiert, hat der Säuranzen dir was getan?»

Thea schüttelte den Kopf und heulte weiter.

«Ja, was ist dir denn? Heiliges Leid! Wieso hast du denn dann die Schreie getan? Komm doch her, willst du das ganze Dorf zusammenbähen. Gleich weiß jeder, daß du hier stehst und gottweißwelche Krempellage hast. Komm heim.»

Lisbeth nahm Thea an der Hand, brachte sie in ihr Wohnzimmer und gab ihr erst einmal ein Sacktuch zum Schneuzen. Dann holte sie den Korn und schüttete ihnen ein.

«Thea, Thea, was ist denn auf einmal mit dir, um Gottes heiligen Bimbam. Das kann man ja gar nicht mit ansehen.»

«Ach, Lisbeth, ich hab doch was Schlimmes gemacht. Ich hab doch was *angerichtet.*».

«Ei, Thea, so schlimm kann es doch nicht sein. Ich habe schon viel erlebt. So was Schlimmes kriegst du doch gar nicht fertig.»

«Ich kann dem einfach nicht mehr in die Augen sehen. Der sitzt da oben.»

Tränenüberströmt goß sie den Schnaps hinunter, und augenblicklich schien es ihr ein wenig besser zu gehen. Aus Mitleid trank Lisbeth einen Schnaps mit.

«Kind, wieso kannst du ihm nicht mehr in die Augen sehen?»

«Ich, ich, ich habe ihn hintergangen!!»

«Ei, – wie dann?»

«Mit dem Feuerwehrmann!»

Lisbeth traf der Schlag.

«Heiliges Kanonenrohr. So. Da haben wir den Schlambambes. Du großer Gott. Und deshalb tobt er da oben jetzt rum?»

«Nein», heulte Thea und drückte sich tiefer in die gehäkelten Kissen von Hannjokebs Lisbeth. – «Er tobt, weil ich an Fassenacht was auf der Bühne machen will. Die ganze Zeit zanken wir uns schon. Aber ich will doch auch mal was machen!»

«Ja, sicher mußt du was machen!» beteuerte Lisbeth. «Das ist wichtig! Wenn du das willst, dann darfst du das, und dann sollst du das! Und wenn der Simpel schon nichts macht und zu einfältig ist dafür, dann darf er aber nicht anderen sagen, daß die auch nichts machen dürfen. Auch nicht seiner Frau. Laß doch den Ochsen vor Wut an die Wand laufen, da rennt er sich die Hörner ein, und dann kommt er wieder zu Verstand.»

«Aber ich kann nicht, ich kann doch nicht mit ihm zanken, kann mich doch nicht gegen ihn aufsetzen, wenn, wenn, ich doch da, ...»

«Bist du denn jetzt also mit dem Feuerwehrmann zugange?»

«Wir haben manchmal, na ja, er, er ist schon bei mir gewesen. Es hat alles angefangen mit dem Elften Elften. Da ist es passiert. Jetzt habe ich mich versündigt!»

«Ach, Thea. Wenn du wüßtest, wie viele sich schon versündigt haben. Die Fassenachtszeit ist eine böse Zeit. Da hat schon manche das Leid gekriegt. Da bist du nicht die einzige.»

«Aber was soll ich denn jetzt machen?»

«Hast du denn den Fritz richtig gern?»

«Ja, wie verrückt! Ich weiß doch, daß ich's nicht darf, aber wenn ich bloß an ihn denke, dann kann ich doch nicht anders, ich kann es nicht lassen!»

Lisbeth dachte hin und her.

«Weißt du, ich sage dir jetzt mal was. Das darfst du aber keinem verzählen, hörst du? Mach einfach, was ich sage. Also: Du behältst dir den jetzt mal im geheimen, und du tust, was du tun mußt. Du nimmst dir den einfach mal mit. Mach dir keine Gedanken, denk einfach nicht nach und gib acht, daß es keiner merkt.

Sage es niemandem und behalte dir deinen Schatz. In der Fastnachtszeit ist alles anders. Da gildet nicht, was sonst gildet. Aber denk daran: Am Aschermittwoch – ist alles vorbei.»

«Oh, Lisbeth! Ich danke dir! Ich danke dir so!»

Thea fiel Lisbeth um den Hals und heulte erst recht los und kam dann nicht mehr dannen. Erst nach einem guten, starken Kaffee und nachdem ihr Lisbeth noch ein bißchen schön schwätzte, da ging es ihr besser und erleichtert kehrte sie zurück, zu ihrem alten Simpel.

Die Glocken läuteten weit über das Tal hinaus, als sollten auch die Steinlochsdorfer und die Linnener und die Schelmstädter noch gerufen werden, aber das war umsonst. Die Seewiesener gingen in die Kirche, so wie immer, ein wenig müde, und gaben nicht so acht, aber doch wie es sich gehörte.

Buxeknupp, Klatschkäs und Immervoll stellten sich hinten auf, als Kerzenheilige unter dem tropfenden Wachs der hohen weißen Leuchter. Sie packten ihre Hände übereinander und beim langen Stillstehen schwankten sie ein wenig hin und her. Aber das war Ehrensache, eine Stunde still zu stehen und sich nicht zu rühren, denn sie waren ja Männer und keine Betweiber.

Kappenwilli saß hingegen auf der letzten Bank, er wollte nie die ganze Zeit stehen, er saß auf der Seite, wo immer die aus der Hinterhecke saßen, aber nie vorne bei den Betweibern. Willi fing schon an zu beten, bevor die Kirche überhaupt angefangen hatte. Er betete für eine gute Aufführung und daß Gott der Herr die Generalprobe beschützen werde. Ihm graute vor der Generalprobe. Er hatte sich lange Gedanken gemacht, wie er als Präses im Elferrat die Punkte ansagen sollte, aber jetzt wußte er nicht mehr genau, ob auch wirklich alle das aufführten, was sie sollten. Er hatte kein gutes Gefühl.

Die Tanzweiber saßen in einer Reihe und waren auch nicht sehr zufrieden. Verena sagte, daß diese Hotpants doch eigentlich nicht so gut gewesen seien, darin hätte sie viel zu dicke Beine.

«Meine kneift auch so in der Hüfte. Das Kettenhemd ist so eng, da sieht man alles, was die Hose nach oben rausquetscht. Das sieht doch doof aus.»

«Wir haben keine Zugabe eingeübt.»

«Wir tanzen dann den Tanz einfach noch mal.»

«Das dauert zu lange. Wir müssen den Tommi an den Rekorder stellen, und er fängt ab der Mitte den Teil noch mal an abzuspielen.»

«Das hat noch *nie* geklappt.»

Die Orgelmusik setzte ein und der Pfarrer zog ein mit vier Meßdienern. Sie sangen Großer Gott, wir loben dich. Hollefännes fing an, seine Rede heimlich noch einmal aufzusagen. Der Pfarrer aber predigte: daß die Menschen jetzt in sich gehen sollten, es sei die letzte Gelegenheit zum Gebet in der Kirche.

«Denkt euch, liebe Christen, wenn ihr euch schmükket und behänget mit Glitzer und weltlichen Perlen und allem falschen Schmuck unter den Pappgirlanden, die nicht vorgeben, etwas Echtes zu sein, – denkt daran, daß es noch eine innere Freude geben muß und versucht, diese Freude, diese wahrhaft göttliche Freude in euch zu spüren, die euch besser zieret als all der falsche Tand! Denn wenn ihr in eurer Freude Gott nicht erlaubt, mitzuschwingen und teilzunehmen an der schönen Ausgelassenheit, dann ist Gott nicht unter euch! Eure Freude aber wird eine scheele sein, eine unerfüllte, eine aufgesetzte wie die Pappnasen vor euren Gesichtern! Ja, liebe Christen, ich weiß, was ihr denkt! An Fastnacht soll der staubige Heiland mal in der Kirche bleiben, wer will sich die Feier verderben mit Gewissensnot und dem Geruch von Weihrauch und Buße?! *Aber*, Freunde, Christus ist doch kein weinender, alter Greis, kein trauriger Musterknabe, der humorlos in der Ecke sitzt? Darf ich erinnern, wie Er in Kanaan das Wasser zu Wein wandelte? Darf Gott nicht tanzen? Ich sage euch: *Gott tanzt!* Ihr braucht nicht brav zu sein, um Gott in die verderbliche Welt mitzunehmen. Gott lacht gerne auch über einen schlechten Witz! Alle sollten sich jetzt noch einmal besinnen und Gottes Segen auf sich herunterziehen, denn wenn die tollen Tage beginnen, dann geht kein Rad mehr rund und oft werden alle guten Absichten vergessen.»

Wobei er sich nicht sicher sei, ob die Seewiesener gute Absichten hätten. Sie sollten also im voraus beten, für die Sünden, die sie sowieso begehen würden.

Dann wünschte er allen ein gutes Gelingen und viel Freude in der Fastnachtszeit. «Der Herr sei mit euch. Ich sage diesmal nicht: Gehet hin in Frieden. Ich sage diesmal: Gehet hin und feiert. Gelobt sei Jesus Christus.»

«In Ewigkeit. Amen», sagten die Seewiesener und beteten für alle Fälle noch einmal ordentlich im voraus für die anstehenden reichlichen Sünden. Noch am gleichen Abend ging Willi durchs Dorf, um der Sicherheit halber allen zu sagen, daß morgen abend Generalprobe sei, und daß es auch niemand vergißt, und daß er sich dann alles ansieht, und daß er hofft, daß sie etwas auf die Beine gebracht haben.

Zum Hollefännes wollte er eigentlich nicht gehen, denn Hollefännes war so gründlich vorbereitet, daß er sicherlich seit dem Elften Elften wußte, wann Generalprobe war. Aber Hollefännes hatte ihn schon vom Fenster aus gesehen und kam aus der Tür herausgelaufen.

«Hallo Willi! Ich grüße dich! Sage einmal, morgen ist doch Generalprobe, nicht wahr?»

«Aber ja sicher, Hollefännes. Wie jedes Jahr. Einen Abend vor der Prunksitzung. Ab acht Uhr.»

«Na ja, dann kannst du ja auch mal meine Rede hören. Ich glaube, sie ist mir gut gelungen, Willi. Ich glaube sogar, ... das hört sich jetzt ein bißchen angeberisch an, aber, weißt du, unter uns Karnevalsgecken...: Ich glaube, das ist die beste Rede, die ich je gemacht habe.»

«Das ist doch fein, Hollefännes. Da freue ich mich aber. Du machst einen Zirkusdirektor, nicht wahr?»

«Nein», rief Hollefännes entrüstet. «Ich mache doch einen Kellner! Aber du hast ja soviel um die Ohren. Da kann man das schon mal vergessen.»

«Ist gut Willi. Also einen Kellner.»

«Den lustigen Kellner Theobald.»

«Großartig. Na, wir sehen uns dann.»

Hinten an der Kohlrabenmühle, hinter dem Schafsbach, wohnte eines der Funkenmaschinchen. Kappenwilli hatte sich gedacht, daß er doch noch mal mit ihnen schwätzen mußte. Er glaubte zwar nicht, daß sie nicht auftreten würden, aber so genau konnte er das auch nicht einschätzen, die brachten ja alles fertig. Eine Kappensitzung ohne Funkenmaschinchen, das war nur der halbe Staat, da fehlte ja der Prunk, also mußte er doch wahrhaftig hierherkommen, um wenigstens Luischen noch mal zu fragen.

«Wir tanzen nicht!» sagte Luischen als erstes, als sie Willi an der Haustür sah. «Gar nicht!»

«Ja, ... was dann?»

«Wir nicht.»

«Aber Luischen. Sieh mal, einen Tag habt ihr noch Zeit zu überlegen. Was wären wir denn da oben, ohne euch? Eine Sitzung ohne Funken und ohne eure strammen Beine, ... wie sähe das denn aus? Das könnt ihr uns doch nicht antun.»

«Wir wollen aber nicht tanzen. Ich kann sowieso immer nicht gut so lange stehen, den ganzen Abend. Die Büttenreden dauern so lange. Da wird mir immer schlecht.»

«Aber Luischen. Ich verspreche euch die schönsten Kostüme weit und breit im nächsten Jahr. Sogar Buxeknupp hat gesagt, ihr kriegt die tollsten Paradekostüme und die anderen Tanzweiber kriegen nichts. Aber kommt doch auf die Bühne. Wir brauchen euch doch. Und die Kostüme, ... das fällt doch gar keinem auf.»

«Das kommt, weil du ein Mannskerl bist, Willi. Mannskerle haben dafür keinen Sinn und du hast Tomaten auf den Augen, aber jeder *normale* Mensch sieht sofort, wie schäbig wir aussehen.»

«Ach, Luischen, bitte, kommt morgen und macht nicht so ein Spektakel.»

«Nö.»

«Ja Himmel Arsch und Zwirn, dann leckt mich doch inner Tesch! Wer bin ich denn, daß ich hier den Betelmann mache für ein dusseliges Weibsmensch! Das bißchen Beinschmeißen, das können auch noch andere. Jeder will hier hinten rumgehoben werden, freche Biester, was ihr seid, ich mache doch nicht noch hier Kniefälle vor der Haustür. Leid-Donnerkeil, bös Leid-Sakrament!»

Er fluchte und fluchte und ging von der Kohlrabenmühle und ließ Luischen stehen. Am Ortsausgang waren die Tücher von den Schildern weg. Die Seewiesener hatten beschlossen, SCHNAPSKOPPHAUSEN bis Aschermittwoch stehenzulassen. Weil es ja auch nicht ganz verkehrt war. Darum hatten sie an jedes Schild noch einen Luftballon gehängt. Sie waren auch den Steinlochsdorfern nicht böse, denn es war ja auch nächstes Jahr wieder Wallfahrt. Dann sangen sie wieder Jammertal und damit war die Sache erledigt.

Schließlich landete Willi bei Klatschkäs. Der stand im Keller an der Werkbank und hatte einen Klotz im Schraubstock und bohrte Löcher hinein. Willi forderte sich ein Bier.

«Die frechen Biester. Die ärgern mich noch kaputt. Stur wie ein Rudel Geißböcke. Muß man sich denn von den Dingern auf der Nase rumtanzen lassen?»

«Na ja, sie hatten sich halt schöne Röckelchen gewünscht.»

«Und alle hintenrumheben! Prost. Ist doch jedes Jahr dasselbe! Solange wie ich das mache, latsche ich den Leuten die Türschwelle platt und muß jeden persönlich auf die Bühne heben. Das mache ich nicht mehr mit, sage ich dir. Das hier ist das letzte Mal.»

«Das sagst du doch jedes Jahr.»

«Ich bin doch hier der Allgemeinstölpel! Rase hier für nichts und wieder nichts durchs Dorf! ... Ja, – und wie ist es denn mit dir? Kommst du morgen abend? Hast du was?»

«Ich? Ich habe nix. Ist doch nichts passiert. Nichts Witziges. Ich kann doch nicht eine ganze Rede davon halten, daß Minna in die Mülltonne gefallen ist.»

«Ja aber, da war doch das mit dem Kugelblitz und mit dem Immervoll. Das war doch witzig.»

«Ja, das war witzig. Aber ich kriege es nicht fertig. Nicht so, daß es witzig ist. Wenn man das so hört. Außerdem stehe ich jetzt schon seit so vielen Jahren in der Bütt, da ist das doch alles nicht mehr so wichtig und da kann man auch mal mit dem Hintern daheim bleiben. Sollen sich doch mal andere Gedanken machen. Sieh mal, ich muß hier Löcher in den Klotz bohren, da habe ich doch auch mit zu tun.»

«KLATSCHKÄS! Du bringst mich um den Verstand. Das darf doch wohl nicht wahr sein. Du kannst mich doch hier nicht im Dampf lassen! Ich werd ja bekloppt. Heiliger Gott, wenn du nicht auch etwas machst, ja Himmel Heilisch Sakrament, dann haben wir ja überhaupt nichts zu bieten, ich meine, dann ist ja das Programm wie abgemurkst, dann haben wir nur den Hollefännes als Redner, das kannst du uns doch nicht antun! Klatschkäs, ich flehe dich an, pack dir doch die Gedanken zusammen, rüssel dir das Hirn durcheinander, irgendwas wirst du doch in deinem Kopp finden, was man nehmen kann, ich bitte dich, Klatschkäs, laß mich doch hier nicht hängen!»

«Ei, die Welt, Willi. Jetzt lasse doch mal. Es ist nichts wirklich schlimm unter Gottes ewigem Himmel. Es wird noch Prunksitzungen geben, da sind du und ich nicht mehr am Leben. Laß es dir gesagt sein. Komm, wir trinken das Bier, hier. Prost.»

Willi war völlig am Ende.

«Du bist doch der einzige, den man noch verstehen kann, auch wenn schon alle besoffen sind. Mein Gott, ich kann nicht mehr. Das ist mir alles viel zuviel, das ist mir zu rund. Ich laufe fort, das sage ich dir.»

Jetzt stand der Saal in vollem Putz. Die Luftschlangen hingen und die Hurt war voller roter Papprosen, und in großen, leuchtenden Lettern stand hinter der Bühne geschrieben:

SEEWIESENER KARNEVAL

Das mußte man schon schreiben, denn die Steinlochsdorfer brachten überhaupt keine Kappensitzung hin und die Schelmberger ja auch nicht und die Blaukrauthausener hatten wohl eine Kappensitzung, aber die war ja überhaupt nicht witzig.

Die Musik hatte schon aufgebaut und probte leise eine Polka, und damit juckte es schon allen in den Schuhen, sie hätten gleich lostanzen können auf die Polka, eine Polka war das richtige, um augenblicklich den ganzen Saal auf den Kopf zu stellen. Der Wirt brachte die erste Runde Korn.

Alle waren gekommen.

Die Tische waren aber noch blank. Morgen in der Frühe würde der Wirt hingehen und vielleicht auch einige Tanzmädchen noch, und Willi und sie schnitten von langen, weißen Rollen die Tischdecken ab und legten sie von dort auf die Tische. Aschenbecher, Luftballons in Bierdeckeln befestigt und ein Programmheft drauf, dann erst war der Saal fertig. Aber da die Generalprobe auch immer eine wüste und wilde Angelegenheit war, traute sich der Wirt nicht und putzte lieber am nächsten Tag noch mal durch und hob sich die Tischdekken auf bis zum Schluß. Es roch schon nach Fastnacht. Nach geplatzten Knallern und fliegendem Konfetti, nach Rauch und aufgerollten Luftschlangen, nach frisch gezapftem Bier und Tanzbrettern.

Willi wollte als erstes die Probe mit Hannjokebs Lisbeth hinter sich bringen. Sie hatte im großen Korb alles mitgebracht, was sie für den Auftritt anziehen wollte und auch, was Willi anziehen sollte. Willi war aber verdreht und knäulkopfig und ein Watz, er wollte gar nichts und auch kein Kostüm anziehen, er zog bloß den dicken roten Plüschhaarbezug von Lisbeths altem Frisierhocker auf den Kopf. Damit sah er aber schon dermaßen dämlich aus, daß er allen gut gefiel und jetzt konnte mit dem Singen nicht mehr viel schiefgehen, weil Willi ja so schon so blöd aussah. Vor Aufregung konnte sich Willi aber nicht konzentrieren. Die Musik fing viermal an, aber er vergaß andauernd, was er singen wollte.

«Willi», sagte Lisbeth. «*Du* singst das, wo du kein Redford wärst und all das, und dann singst du: Rosi, meine Rosi und das mit der Makrele und *dann* singen wir zusammen: mir zwaa ghörn zamm! Am Anfang stehen wir hier. Und dann stehe ich auf. Und bei jedem Takt setze ich mich und du stehst auf. Das geht immer rauf und runter, abwechselnd. Und *dann* tanzen wir immer zwei rechts, zwei links, so breitbeinig, und *dann* fällst du vor mir auf die Knie und zum *Schluß* machen wir die Polkasprünge.»

«Jou. Weiß ich doch.»

Sie übten und übten und unten im Saal dachten sie

sich, das könne doch beim besten Willen nichts geben. Es war ja wie die allererste Probe. Beim vielen Warten tranken alle noch ein Bier. Schließlich wartete die ganze Blasmusik, sämtliche Tanzweiber und Hollefännes, Buxeknupp stand da, weil er ja Büttenschieber war, Immervoll nur einfach so, und all die anderen.

Willi und Lisbeth wurden fertig.

«*Du* hast *nicht* schön gesungen», sagte Lisbeth.

«Für die Fastnacht langt es allemal.»

«Ich habe dir immer gesagt, wir müssen früher üben, aber du hast ja gemeint, du kannst das auch so. Jetzt stehen wir da und können nichts. Bloß weil du so faul warst. *Du* hast *nicht* schön gesungen.»

Die Tanzweiber kamen angerückt und fragten Willi, wann sie denn eigentlich drankämen auf der Sitzung.

«Ihr? Ihr kommt am Anfang dran.»

«Am Anfang? Gerade schon am Anfang? Nein. Am Anfang tanzen wir nicht.»

«Ihr tanzt, wenn ihr gesagt kriegt, daß ihr tanzen sollt!»

«Am Anfang tanzen wir aber nicht!»

Willi ließ die Tanzweiber stehen und ging zu Buxeknupp.

«Die Weiber machen mich rasend. Die kriegen einen Gaul kaputt. Die bringen mich um den Verstand.»

«Ja. Die sind frech.»

«Buxeknupp. Deine Konfettimaschine. Kann man da auch Weiber reinstopfen? Können wir damit die Weiber an die Decke schießen?»

«Weißt du, Willi. Wir sagen denen einfach, im nächsten Jahr kriegen sie überhaupt keine Kostüme, sie sollen die alten von diesem Jahr noch mal anziehen. Dann springen sie von selber an die Decke.»

«Gut», sagte Willi. «Dann machen wir Schunkellieder am Anfang. Um die Stimmung anzuheizen. – Das Ballett, bitte. Ihr kommt also später dran, aber ich muß mir noch mal überlegen, wann. Geht trotzdem schon mal auf die Bühne und fangt an, ihr habt die kurzen Dinger an und könnt euch erkälten. Ich muß mir das jetzt mal ansehen, also fangt an.»

«Wir können aber nicht anfangen. Wir haben ja keine Funkenmaschinchen, die mitgehen.»

«Gut», sagte Willi. «Dann sagt jetzt bitte Hollefännes seine Rede auf.»

Hollefännes ging begeistert auf die Bühne, während der Präses in Rage aus dem Saal lief, durch das Dorf rannte und außer sich vor Wut zur Kohlrabenmühle lief, um dahinter bei dem Funkenmaschinchen Luise anzuklopfen.

«Luischen, wenn ihr nicht in zwei Minuten auf der Generalprobe seid, dann passiert was! Ihr Knäulköppe! Wollt ihr die ganze Sitzung ruinieren? Wenn ihr nicht augenblicklich mitkommt, dann jage ich euch mit der Mistgabel, das kann ich euch sagen!!»

Weil Willi jetzt doch so wütend war, kriegte Luischen auf einmal Angst und sie meinte, na gut, dann eben doch, aber nur dieses Mal und sie wollte dann Eva Bescheid sagen und von mir aus.

Als Willi zurückkam, hörte er Hollefännes ‹Helau› rufen. Er winkte von der Bühne und rief: «ein dreifach donnerndes Helau!»

Buxeknupp stand darunter und sagte:

«Hollefännes, *du* darfst nicht sagen – dreifach donnernd. Dreifach donnernd sagt nur der Präses. Wenn der dich verabschiedet, dann sagt der: wir verabschieden den Hollefännes mit einem dreifach donnernden ‹Heelau›. Du darfst nach der Büttenrede einfach nur Helau sagen. Einfach: Helau. Fertig.»

«Gut, Buxeknupp. Wenn du das sagst, dann ist es recht. Dann sage ich einfach nur ‹Helau›.»

«Gut, Hollefännes. Das hättest du aber auch selber wissen können.»

Buxeknupp kehrte zu Willi zurück.

«Sage mal, soll ich denn schon mit der Konfettikanone schießen? Jetzt? Oder wann soll ich denn schießen?»

«Jetzt nicht. Das gibt doch eine Säuerei, das kriegen wir doch bis morgen nicht aufgesammelt. Und soviel Säcke Konfetti haben wir auch nicht.»

«Aber wenn es morgen nicht klappt?»

«Das klappt schon. Du wolltest doch die Gebrauchsanweisung noch lesen. So, wer ist denn jetzt dran. Jetzt sollen eben die Tanzweiber aufmarschieren, da sind ja die Funken.»

Nachdem die Tanzweiber so einen Zirkus gemacht hatten, waren alle gespannt, wie sie denn nun herumstrumpen wollten. Sie sahen großartig aus, das mußte man ihnen schon lassen. Sie blinkten und funkelten und schmissen sich in Positur. Aber als die Musik losging, traten sie alle daneben. So, ätsch. Sie konnten machen, was sie wollten, aber sie rempelten aneinander, kamen aus dem Takt und verloren die Orientierung.

Willi drehte sich zur Theke und sah gar nicht mehr hin. Jetzt waren die Mädchen doch unglücklich. Sie wußten nicht, was sie falsch gemacht hatten. Sooft sie die Kassette von SNAP! wieder laufen ließen, und obwohl sie ja in der Opernhalle schon geübt hatten seit dem vorigen Jahr, sie gerieten immer wieder langseinander. Um so mehr warfen sie Arme und Beine in der Gegend herum, aber es half nichts. Sie hatten einfach nichts zu verkaufen. Wie sollte das werden, morgen abend?

Thea legte sanft die Hand auf Willis Schulter. Er fuhr herum. Sogleich ging es ihm besser. Aber wie sie aussah. Sie war bleich und wundgeküßt. Irgend etwas stimmte wohl nicht mit ihr. Sie sah so leidend aus und so entrückt. Aus dem kraftvollen, strahlenden Weib war eine fieberkranke Schwindsüchtige geworden. Setzte es ihr denn so zu, daß sie zum ersten Mal auf die Bühne sollte? Da regten sich viele furchtbar auf. Aber was war mit ihrem Mund, er war so rot, das Kinn, die Nase, alles rot, und – zerkratzt.

«Na, Thea? Kannst du mir denn jetzt einmal sagen, was du machst? Ich müßte es doch wissen. Ich muß dich doch ankündigen. Du müßtest es auch mal auf der Bühne vormachen.»

«Jaja. Ich weiß schon. Nur. Das kann man nicht zeigen.»

«Aber warum denn nicht?»

«Weißt du, ich habe einen Tango eingeübt. Ich werde ein schwarzes Kleid tragen.»

«Kannst du denn das Kleid wenigstens anziehen?»

«Es, es ist noch nicht fertig. Es steckt noch in der Nähmaschine.»

«Du ahnst es nicht.»

«Mach dir keine Sorgen. Morgen ist es fertig.»

«Und dann?»

«Dann werde ich den Tango einlegen. Und dann hole ich mir Männer aus dem Saal. Je nachdem. Und die werde ich als Ballett aufstellen. Und dann übe ich mit ihnen das Ballett auf der Bühne ein. Weißt du?»

«Äh, ja. Bitte mach doch mal. Nimm dir hier den Buxeknupp oder so.»

«Nein. Dann ist es keine Überraschung mehr.»

«Ja, aber, ... dann, ... Na. Wenn du meinst.»

Willi zweifelte. Aber er konnte mit Thea nicht schimpfen. Er konnte sich nicht vorstellen, daß alles gutging. Was daran denn schön sein sollte mit diesem Tanz. Aber er brauchte doch einen Punkt, er brauchte den Punkt dringend. Also seufzte er und mußte es wohl darauf ankommen lassen. Dann verschwand Thea wieder und niemand wußte wohin.

Tommi kam zu Willi und sagte: «Bitte, du mußt uns ankündigen als die Bronx von Seewies.»

«Als was? Brox? Brockens? Das verstehe ich nicht.»

«Brauchst du nicht. Sage einfach: jetzt kommt die Bronx von Seewies!»

«Moment, das muß ich mir aufschreiben. Geht ihr denn jetzt mal auf die Bühne? Ich wünschte, ich könnte heute noch was sehen, was Schönes. Das ist die schlimmste Generalprobe, die ich jemals in meinem Leben mitgemacht habe. Vielleicht sollten wir morgen keinen Eintritt nehmen. Das alles klappt im Leben nicht.»

Die Blasmusik war angekleidet in orangen, hautengen Trainingsjacken mit schwarzen Streifen an der Seite, sie trugen schwarze Afroperücken, Jeans und Sonnenbrillen. Ilsebill war nicht dabei. Tommi klemmte sich das Saxophon unter den Arm und ging auf die Bühne hinauf.

Immervoll fragte Willi, warum er denn so ein Gesicht machte, es wäre doch alles so schön.

«Ist doch keine Musik nicht. Außer, daß alle irgendwie blöd aussehen, kann keiner was. Es langt aber nicht, sich oben hinzustellen und blöd auszusehen.»

Er bestellte sich ein Bier und blieb bei Immervoll stehen. Er hatte keine Wahl. Er konnte sich nur noch besaufen, er sah das Unglück voraus, den Untergang des Narrenschiffes am morgigen Abend, er sah so schwarz, schwärzer ging es nicht, er quälte sich und hatte sich die Füße abgelaufen, um sich morgen mit Glanz und Gloria zu blamieren. Das war der ganze Spaß.

«Noch einen!»

Und Klatschkäs war gar nicht erst gekommen. Es würde so sein, daß Hollefännes die Krönung des Abends war. Sein Freund Klatschkäs. Sein bester Freund Klatschkäs. Der sah zu, wie er und alles in den letzten

Zügen darniederging. Alle ließen ihn im Stich. Bloß Immervoll prostete ihm zu und lachte.

«Noch einen! Und bringe uns noch einen Korn dazu! Prost, Immervoll. Prost, mein alter Freund.»

«Wir alten Kerle.»

«Wir alten Kerle.»

Am Nachmittag lief Thea im Nähzimmer hin und her. Die Nähmaschine stand still. Thea hatte keine Ruhe im Leib. Schließlich riß sie das Kleid aus der Maschine, hielt es sich vor, paßte es dann eng an ihren Körper, und schwarz, schillernd und strahlend glitt der Stoff an ihr herunter. Die Fäden hingen von allen Seiten, vernähen mußte sie sie noch, oder abschneiden, es gab nichts mehr zu tun. Das Kleid war vollendet. Es würde sich von selbst um ihren Körper legen, das schönste Kleid, das sie jemals gehabt hatte, schöner noch als ihr Hochzeitskleid, aber das war weiß gewesen. Draußen hörte sie die schweren Schritte vom Simpel. Wenn er nur hochging, was wollte er denn, um die Zeit lag er auf dem Sofa oder sah sich ein Fußballspiel an, Thea hielt das Kleid noch fester an sich. Dann plötzlich riß der Simpel die Tür auf und stand vor ihr. Als er sie sah, mit dem schwarzen Kleid, da hörte ihm das Blut auf zu fließen. Alles was ihm eingefallen war, hatte er vergessen, er hatte die schockschwere Not. Sie war zu schön. Da konnte nicht einmal er mehr etwas sagen. Da war es rum. Er hatte es verunpaßt. Er traute sich nicht mehr, etwas zu sagen.

Sie war ja schöner als die Nacht und sie war seine Frau. Beinahe hätte er gelächelt und beinahe sie bewundert. Sie in den Arm genommen, wenn er es gewagt hätte. Er musterte sie von oben bis unten und wieder hinauf. Dann drehte er sich um und verließ das Nähzimmer.

«Das ist nicht für dich», flüsterte Thea. «DAS IST NICHT FÜR DICH!» Sie weinte vor Wut. Sie verlor die Fasson. Warf das Kleid in die Ecke und rannte durch das Haus und suchte die Speisekammer. Dort faßte sie die Mirabellen an, die Büchsen und Konserven und nahm ein Einmachglas in die Hände. Was denn nun noch. Sie hatte eine Not, eine Not. Sie spürte, daß sie ihn sehen mußte. Jetzt und auf der Stelle. Es war ihr gleichgültig, und wenn hinter ihr das Haus zusammenstürzte. Eilig raffte sie einen Mantel über, drückte die Tür auf und verschwand. Sie ging geradewegs am Konsum vorbei und am Trippelborn hoch, durch die Schlipp und da stand das Haus vom Feuerwehrmann. Draußen spielten die Kinder. Er mußte doch auch irgendwo sein. Sie drückte sich an der Linde herum, wartete und sah hinaus, das Bad hatte beschlagene Fenster. Tatsächlich kam dann auch er aus dem Haus und wollte wohl in die Garage, sie rief ihm leise zu und dann sah er sie.

«Thea! Meine Güte. Was ist denn?»

Als er sah, in welcher Verfassung sie war, spähte er kurz zu dem beschlagenen Badezimmerfenster und flüsterte.

«Komm.»

Sie folgte ihm durch die Kellertür und sie krochen in den Heizungskeller, wo die Öltanks standen. Hinter dem Mäuerchen zu den Öltanks, die von einem alten Vorhang abgedeckt waren, versteckten sie sich und gingen in die Knie.

«Thea, mein Liebes, mein Schwarzeschen, was ist denn mit dir, warum bist du gekommen?»

«Ich, ich mußte dich sehen, frage mich nicht, ich mußte einfach kommen.»

Er zog sie in seine Arme, bis sie aufhörte, wie eine Verrückte zu zittern.

«Mein schwarzer Federvogel, mein Vögelchen, das ich lieb habe, es ist doch alles gut, wird ja alles gut. Heute nacht bist du mein, die ganze Nacht, weißt du das?» fragte er.

«Tanzen wir heute nacht?» flüsterte Thea. «Vor allen Leuten?»

«Wir tanzen, Thea, wir tanzen! Ich liebe dich. Ich liebe dich so sehr. Und es gibt ein Lied, auf das wir tanzen, das gehört nur uns, nicht?»

«Was für ein Lied?»

«Paß auf, das geht, dim-dim-dim:

Es gibt ... Millionen von Sternen
tausend Schiffe fahren über die Meere.
Freud und Leid, gibt es zu jeder Zeit.
Aber dich, gibt's nur einmal für mich.»

«Fritz, das darfst du nicht singen. Da muß ich weinen!»

«‹Schon der Gedanke, daß ich dich einmal verlieren könnt ...›»

«Fritz, hör doch auf! Du reißt mir das Herz aus dem Leib! Wir sitzen hier in den Öltanks und dürfen nicht ...!»

«‹daß dich ein andrer Mann, einmal sein eigen nennt ...›»

«Fritz, nicht! Nicht! Wir müssen lustig sein! Es ist Fastnacht!»

«Aber wir sind doch lustig, schau wie das Leben treibt, ist doch nirgends schöner als auf der Welt!»

«So eine Fastnacht.»

«So eine wundervolle Fastnacht. Hat mir meine Thea gebracht, und einmal in meinem Leben habe ich sie anfassen dürfen, mein Feuerteufelchen, daß ich dich einmal löschen kann, ein Feuerteufelchen gehört zu einem Feuerwehrmann, es ärgert ihn und tanzt ihm vor der Nase herum, da will er es packen und ihm den Garaus machen! Hübscher schwarzer Teufel, einmal warst du mein.»

«Es ist aber doch noch nicht vorbei! Wir haben doch noch den Abend und die Nacht! Noch ist Karneval und an Karneval ist die Nacht ganz lang, wir haben noch eine lange Nacht – und an Karneval ist alles erlaubt! Alles!»

«Ja, alles.»

Der Feuerwehrmann küßte Thea und sie standen wieder in Flammen und sie konnten sich nicht entscheiden, und je länger sie küßten, desto mehr schwand die Vorsicht, der Öltank tönte verhängnisvoll, als Thea ihren Ellenbogen dagegenknallte, und erst da riß sie sich weg und lief fort, hitzig und hungrig und schnell wie ein Fegebesen durch die Gassen nach Hause.

Die Tanzweiber hatten sich alle bei Tonia getroffen und saßen da im Eßzimmer und im Wohnzimmer und in der Küche und sie hatten Lockenwickler auf dem Kopf. Tonia hatte eine große Zweiliterkanne Kaffee gekocht und es war alles sehr gemütlich. Vor Aufregung qualmten sie alles voll und tranken Kaffee um Leib und Leben. Sie prüften pausenlos, ob die Röllesjen auf dem Kopf nicht schon ausgekühlt waren und trocken. Die Haare mußten ja stehen. Gottseidank wurden sie von Tonia gekämmt. Jedes Jahr machte sie das, hatte einen großen Korb mit Festiger und Bürsten und Schminkgedöns. Erst toupierte sie die Haare auf und dann stellte sie sie kreuz und quer auf dem Kopf herum. Tonia machte das großartig. Außerdem hatte sie noch metallische Schminke. Sie zog allen hohe Augenbrauen und unterlegte sie mit glänzenden, klebenden Steinchen, schminkte die Augen groß und dunkel und versetzte der Haut einen silbernen Schein. Tonia war mit Geld nicht zu bezahlen. Marina war vor Aufregung so verschwitzt, daß die Farbe nicht richtig hielt und Tonia mußte sie ordentlich pudern. Unter dem Puder waren alle rot oder weiß oder naß und fleckig. Damit hatten sie wirklich den ganzen Tag zu tun, denn schon in der Frühe hatte Tonia ihnen allen die Wickler auf den Kopf gedreht. Wenn es nur klappte mit den Tritten. Wenn das nur klappte! Und eine Zugabe hatten sie auch nicht.

Hannjokebs Lisbeth hatte sich noch mal angezogen und irgendwas stimmte nicht, sie sah immer noch zu ordentlich aus, obwohl doch eine lange Unterhose aus der Kittelschürze herauskam und sie ein ausgeleiertes Bettjäckchen drunter hatte und einen scheppen Rock, auch die Filzlatschen waren ja eigentlich ganz schön. Da kam sie darauf, sich die Strümpfe zu zerreißen und sie riß ordentliche Löcher in alle Seiten und dann war es gut. Der Plüschhocker war auch noch nicht ganz recht. Er hatte lange, verfilzte Haare, die büschelweise herausstanden, aber es wirbelte sich an einer Stelle ganz verklumpt zusammen. Lisbeth trennte den Filz ein wenig auseinander und verteilte ihn besser in die Richtungen, so war es dann auch gut, aber die Gedanken, die sie sich machte, waren, daß Kappenwilli das alles noch nicht anprobiert hatte. Sie hatte aber noch einen alten Bademantel mit Streifen. Für die Not, wenn Willi nach nichts aussah, dann mußte er eben den alten Bademantel noch drüberziehen und dann sah er hoffentlich schön dusselig und dämlich aus. Wenn er nur singen konnte! Wenn er nur singen konnte.

Willi seinerseits stand in der Unterhose am Buffetschrank und sinnierte. Sein schwarzer Anzug war leider nicht mehr großartig. Der Elferrat trug die schwarzen Anzüge nur noch zur Beerdigung und zur Fastnacht, zum Tanzen und zum Sterben. Allmählich war Willi der Anzug zu knapp, und er war auch nicht mehr modern. Nächstes Jahr mußte er mal einen neuen kaufen, aber er haßte das. Anzug kaufen. Nur um auf den Kirchhof zu laufen und einmal im Jahr in der Hurt zu sitzen.

«Holde Närrinnen und Narrhallesen», fing er an.

«Seid gegrüßet, ihr Millionen –
wir werden es euch reichlich lohnen ...»

Geht nicht. Das konnte er schon mal nicht sagen. Das war ja gelogen.

«Ihr feinen Damen, blöde Herrn,
euch zu sehen, habe ich gern!
Es geht ein Ruf wie Donnerhall!
in Seewies, da ist Karneval!»

Ihm fiel sowieso nichts anderes mehr ein. Er hatte schon Besseres auf der Kante gehabt. Aber so paßte es zum Programm. Noch rasieren. Rasieren mußte er sich noch. Der Buxenträger war auch schon ausgeleiert an den Rändern. Kein Wunder, bei soviel Bauch immerzu. Vielleicht sollte er noch ein bißchen Zeitung lesen. Zur Ablenkung. Vielleicht fand er noch irgendwo einen Witz, aber das ging ja nicht. Wenn die Zeitung von heute war, dann kannte den Witz ja jeder. Wenigstens wollte er sich noch mal aufs Sofa legen und ruhen.

Im Dachgestühl krachte es. Klatschkläs hatte mit dem Haken die schwere Dachklappe heruntergezogen und kroch die steile Treppe hinauf. Er stieß sich den Kopf an den Balken, machte die Glühbirne an und trat in den Christbaumkisten herum, fand alte Stühle und einen alten Schrank mit Kleidern, ein auseinandergelegtes Bettgestell und dann endlich sah er den Koffer. Er bückte sich und machte ihn auf. Darin lag sein alter Kirmeshut. Er hatte schon ein Loch im Deckel, und einen Pfeifenputzer mit einem roten Bommel dran, eine bunte Krawatte lag daneben, ... es war noch alles da, was er brauchte. In Ehrfurcht und Liebe holte er den Hut heraus aus gelbem Stroh, setzte ihn vorsichtig auf und pfiff sich ein Lied. Und wie er auf dem Speicher saß und den Hut hatte, da kam ihm auf einmal eine Idee. Dann nahm er den ganzen Koffer und trug ihn zur Speicherklappe und holte ihn sachte die Speichertreppe herunter.

Hollefännes hatte alles parat. Schon seit der Christnacht wahrscheinlich. Seine Kellnerschürze, das Tablett, die dicke rote Nase mit dem Gummi dran, das weiße Hemd, eine Flasche, die auf dem Tablett stehen sollte und ein weißes Tuch, das er über dem Ärmel tragen sollte, ... Jetzt konnte er nicht mehr einhalten, bis es Abend war. Umsonst spazierte er ums Haus, umsonst schaltete er den Fernseher an, umsonst schaute er in die Tasche hinein, die Zeit ging doch nicht schneller rum. Aufgekratzt sprang Hollefännes im eigenen Haus herum.

Die Leute im Dorf hatten lange schon ihre Kleider herausgehängt. Die Frauen waren beim Friseur gewesen. Im Bad hatten sie alle soviel Wasser verbraucht, daß überhaupt nichts Warmes mehr aus der Leitung kam. Sie aßen früher als sonst ihr Nachmittagsbrot und tranken einen Kaffee mehr als sonst. Es war wichtig, früh genug fertig zu sein. Wenn sie zuletzt in der Schlange stehen würden, dann fanden sie keinen rechten Platz mehr und mußten am Ende direkt unter der Musik sitzen, oder unter der Garderobe, wo die ganzen Mäntel hingen. Oder vor dem Ausgang, wo alle fünf Minuten einer auf den Abtritt ging. Oder auf einer Bank, von der man sich zu sehr rumdrehen mußte und sich den Hals verrenkte. Oder unter dem zugigen Nordfenster, wo es ihnen ins Genick blies. Oder bei den Jungen, die die ganze Zeit laut schrien. Oder an der Theke, wo die Allervollsten sich herumdrückten und den Mund nicht hielten, so daß man sein eigenes Wort nicht verstand, schon gar nicht die Büttenreden und darüber konnte man sich kaputtärgern, außer bei Hollefännes.

Die Leute hatten sich auch einige Pappnasen hingelegt, oder kleine Hütchen. Oder ein Ringelhemd und eine alte Perücke. Oder sonst irgendwas, das sie sich übers Jahr einmal in den dollen fünf Minuten gekauft hatten und dann überhaupt nicht angezogen hatten, weil es ihnen zu komisch oder zu bekloppt vorkam. Das glänzte jetzt am Abend in seiner ganzen Pracht bei neuer Gelegenheit vor sich hin.

Na, jedenfalls waren sie gerichtet. Noch ein bißchen

ausruhen, das war's, es wurde schon dunkel, aber dann, das wußte man, wurde es lustig und sie freuten sich, und sie wollten sich auf die Schossee machen, damit es losgehen konnte und auf keinen Fall, auf gar keinen Fall wollten sie bei den letzten sein.

Der Saal war ruhig, so als sollte niemals etwas geschehen darin, stumm und bunt, nicht einmal das Licht war an, nur ein schwacher Widerschein von der Lampe vor der Theke. Der Wirt räumte in der Wirtschaft noch einige Schnapsgläschen auf ein Tablett, ordnete ein paar neue Blöckchen von der Brauerei hinter sich auf dem Schrank an und legte sich ein Abtrockentuch neben die Zapfanlage.

Draußen war es kalt. Eisige, gefrorene Pfützen, es gab keinen Schnee, dicke Steine lagen am Wegesrand. Unter der Kuhschißallee begann die Seewiese, das Feld lag stumm und weit, fast bis Linnen konnte man sehen, jetzt noch, in der Dämmerung. Braune Moorflecken mit weißgefrorenen, alten Grasspitzen aus dem vergangenen Sommer wurden durchzogen von einigen Gräben und stockend fließenden Bächen. Das ganze Jahr stand hier das Wasser fast still. Niemand war zu sehen. Niemand. Nur Immervoll, der war zur Seewiese gegangen. Der stand allein in der Kälte herum und starrte auf das große weiße Feld. Zu früh, um in die Wirtschaft zu gehen. Und er wollte nicht der sein, der als erster in der Wirtschaft stand, er hatte schon hineingesehen, keiner war drin, und er, er wollte nicht immer in der leeren Wirtschaft stehen. Immer stand er da. Aber jetzt graute ihm der Gedanke, dahin zu gehen, wo man die Musikbox anstellen mußte, um einen Laut zu hören, wo man Angst haben mußte, daß ein Bild von der Wand fiel, so still war es da. Wenn einer zugehört hätte, hätte er auf einmal den Immervoll singen hören, wie er da stand vor der Seewiese.

«Sommernooscht en Bloiteduft, Zauber wie im Märche,
silwerhäller Mondenschein lockt herbei manch Päärche.
En zwaa Häzze iwwerfruh, voll holder Liebelei,
haamlich flüstert hee ihr zou, voll Liebesschwärmerei:

Soo joh, soo joh, mein Maadsche,
eisch hun deisch jo su gänn.
Komm, geff mer dei klaa Handsche,
soo des dou mei wolls wänn.
En baal trien mir zwaa Rengelscher,
met goldisch blankem Schei,
dou met die schiene Krengelscher,
soo jo, wott wä dott fei.»

Immervoll blieb vor der Seewiese stehen und sah in die Gemarkung und war tiefsinnig. Einige Male drehte er sich um und wartete, bis, bis er sah, daß im Saal das Licht anging. Da drehte er sich herum und ging langsam ins Dorf zurück.

«Immervoll, du bist nicht allein», sagte der Wirt. «Hier sitzt schon einer, komm mal her.»

Kappenwilli saß mit einem Schnaps am Tisch und hatte vor sich ausgebreitet einige Blätter.

«Na, so ist es recht», sagte Immervoll. «Als Kappenchef mußt du der erste sein. Ei, was ist dann los? Was ist dir dann?»

«Ach, Immervoll. Ich habe gerade versucht, meine Rede noch mal einzustudieren. Ich habe mir überlegt, wenn alles danebengeht, dann muß ich doch zwischendurch wenigstens noch einige dreckige Witze erzählen, oder was.» Er stand auf, ging zu Immervoll und legte den Arm um seine Schultern.

«Ach, Immervoll. Ich sehe ja so schwarz. Ich sehe schwarz wie die Todsünde. Das hier gibt die schlimmste Prunksitzung, die ich jemals erlebt habe. Das überlebe ich nicht. Das wird nichts nütz. So können wir uns doch nicht weisen. Ich soll singen und kann es nicht. Die Tanzweiber können nicht tanzen. Die Blasmusik kann keine Musik machen. Der Klatschkäs macht keine Rede nicht. Ei, ei, ei, ei.»

«Aber Willi. Die Generalprobe geht doch immer in die Bux, das weiß doch jeder. Wir haben doch schon schlimmere Schlachten geschlagen. Auf der Welt ist doch soviel Bruch und Dallas. Sieh mal, und wenn es auch mal danebengeht, deshalb werden die Leute doch lustig feiern, die nehmen das nicht krumm, die lachen sich kaputt und die klatschen auch über jeden Schiß. Deshalb wirst du nicht in den Kappes geschossen.»

«Ach, Immervoll. Du bist ja so ein feiner Kerl. – Hey, Jupp! Mach uns doch mal sofort zwei Bier und zwei Korn.»

«Schon in Arbeit!»

«Wir alten Kerle!» rief Willi.

«Wir alten Kerle!»

«Prost!»

«Prost!»

«Blöde Fastnacht. Leide, leide Fastnacht.»

«Ist doch schön.»

In der Zeit, in der Immervoll und Präses Willi sich einen hinter die Binde gossen, kamen die ersten Tanzweiber in die Wirtschaft geschossen und hatten allerlei Körbe um die Arme herumhängen. Einen für das schöne Kostüm, eine Tasche für die Schuhe und einen Korb für das, was sie nach dem Auftritt anziehen wollten.

«Wir müssen sofort ins Stübchen, du mußt es uns aufschließen, wir müssen anfangen, uns anzuziehen und zu richten.»

«Ihr glitzert ja wie lauter Büchsen Ölsardinen. Im Gesicht herum.»

«Wie die Blechbüchsenarmee.»

«Mensch, wir sind doch Techno, ey.»

Der Wirt kam mit dem Schlüssel und schloß den Mädchen die Tür auf. Hinten im Stübchen standen ein altes Klavier und ein Schrank mit Pokalen, ein paar Bilder vom Liederkranz Harmonia, ein Tisch mit einem Spiegel, vor dem Tonia gleich ihre Schminkerei aufbauen würde, eine Schachtel voller Narrenkappen, eine Schachtel voller Pappnelken für den Elferrat, eine Schachtel Orden zum Verleihen, eine Stange für die Kleider mit Kleiderbügeln, und obendrein stand auf dem Klavier eine Flasche Korn mit lauter Gläschen drumherum.

Die Tanzweiber verteilten ihre Klamotten überall und versteckten die Körbe gut unter den Bänken. Denn von jetzt an würden unweigerlich Röcke und Hosen und Kostüme in bunten Bergen übereinander und untereinander fallen und dann geriet alles durcheinander und hinterher fand keiner mehr was. Da kam die Blasmusik herein und freute sich, daß sie die Weiber beim Umziehen fand. Rudi griff sogleich nach der Flasche Korn und gab allen einen Schnaps. Jetzt tranken alle einen, die Tanzweiber und die Jazzband, jeder kriegte einen. Bis sie alle ihre Hörner und Trompeten und alles untergekriegt hatten, war das Stübchen voll.

Unaufhörlich füllte sich das leere, große Haus mit seiner Wirtschaft und seinem Saal mit dem hölzernen Fußboden, seit mehr als hundert Jahren stand die Wirtschaft auf ihrem Platz, noch kleiner gewesen, damals, dann gewachsen und mal heruntergerissen und ausgebeult und neu gebaut und jetzt stand sie, wie vor aller Zeit bereit, das ganze Dorf in sich aufzunehmen, zu beherbergen und zu verköstigen und es auszuhalten, daß sie darin tobten und tanzten und das Gemäuer von innen kitzelten und darin herumschrien und kreischten und sangen und alles in allem der Firlefanz toste. Alles konnte man da. Heiraten und den Mai begrüßen und die Toten feiern. Und wenn man erst selbst auf den Kirchhof getragen wurde, dann hatte man sein Leben lang vorwärts und rückwärts immer wieder in diesem Saal getanzt. Jetzt kam Buxeknupp und baute die Kasse auf, legte die Röllchen für den Eintritt und einen Stempel mit einem Clownsgesicht daneben und ließ die ersten Leute hinein, die sich schon in der Wirtschaft versammelt hatten. Schnell entstand eine lange Schlange dahinter, die sich vor der Männertoilette staute, drängelte und den Flur auffüllte, bis er bald wie eine Stopfwurst platzte.

Jeder wollte ja etwas gewahr werden. Sie kamen ja nicht nur wegen dem vielen Bier, das gab es ja das ganze Jahr, sie kamen nicht nur, um den Tanzboden platt zu strumpen, nein, sie wollten ja auch gar zu gerne sehen, wie diesmal die Tanzweiber die Arme und Beine durcheinanderwarfen, wie sich der Kappenwilli durch das Programm schlug und wie jeder dumme Furz mit großen Fisimatenten auf die Bühne getragen wurde. Es war das Fest, wo der Watz vor Lebenslust platzte. Außerdem gab es immer was Neues zum Verzählen, was alles passiert war im Dorf, und was man selber nicht mitgekriegt oder schon vergessen hatte, das hörte man da noch mal von vorn.

Im Stübchen brachten sie sich derweil fast gegenseitig um. Hannjokebs Lisbeth wurstelte sich in die zerrissenen Strümpfe und versuchte, Willi dazu zu bewegen, das Lied aufzusagen, Tonia strippte den Blasmusikern die Afroperücken auf den Kopf und schminkte sie dunkel im Gesicht. Das hielten die Blasmusiker gerne aus, sie liebten es jedes Jahr, von Tonia im Gesicht bemalt zu werden. Sie gab ihnen Anweisungen, die Jacken nicht ganz zuzumachen, weil die dicken Bäuche die engen, orangenen Trainingsjacken sprengten. Darunter hatten sie nackte Oberkörper und Goldketten noch und noch. Die Funkenmaschinchen hatten sich mit ihrem Schicksal abgefunden. Darum kriegten sie erst mal einen Korn. Weil alles so eng war, knäulten sie sich umeinander und warfen alles um und fanden ihre Kostüme nicht.

Es ging stracks auf acht Uhr. Um acht Uhr elf war der Einmarsch von Willi und dem Elferrat, umrahmt von den Funkenmaschinchen. Es war höchste Zeit, den Elferrat schön zu machen. Sie standen in der Wirtschaft herum und tranken Bier, angetan mit ihren schwarzen Beerdigungsanzügen und buntigen Krawatten und waren schon nicht mehr ganz sauber im Kopf. Lisbeth ging zu ihnen und holte die Narrenkappen aus der staubigen Pappschachtel und zog sie ihnen auf die Köpfe. Dann kriegte jeder noch eine Nelke ins Knopfloch.

«Ihr müßt euch jetzt aufstellen und macht auch ein schönes Gesicht, und daß ihr was darbietet und was darstellt. Jetzt gildet das.»

Buxeknupp hörte auf zu kassieren. Er mußte ja gleich die Bütt hin- und herschieben. Außerdem war der Saal gerammelt voll und der Karnevalsverein war auf seine Kosten gekommen und er hatte auch gar keine Lust mehr. Der Elferrat und die Funken stellten sich jetzt alle auf in dem Flur vor dem Saal und andauernd rannte einer durch, weil sie ja schon auf das Männerklo mußten, und daraus roch es bereits ganz entschieden. Nur Willi war nicht da. Ob irgendeiner ihn gesehen hätte. Hier war noch seine Narrenkappe. Ob Immervoll ihn nicht vielleicht gesehen hätte? Oder ob der Wirt vielleicht was weiß. Oder ob er noch im Klo stand. Willi war doch eigentlich jetzt der Haupte hier, der mußte doch hier sein, ohne den konnten sie ja eigentlich nicht anfangen. Vorne auf der Bühne waren schon die Musiker, die hatten die Trommel poliert und Narrhallamarsch schon im Ärmel, nicht daß sie einfach schon drauflos spielten, und die Fassenachter waren noch nicht fertig.

Da auf einmal kam Ottmar von der Feuerwehr herein und sagte: «Guckt mal. Wir haben da einen im Wurstwagen sitzen. Den könnt ihr vielleicht noch gebrauchen.»

Lisbeth stürzte in den Wurstwagen und da saß Willi. Willi war aber leider ganz aus der Fasson geraten und hatte sich rundherum besoffen.

«Was sitzt du denn hier im Wurstwagen herum? Drinnen steht der Elferrat und wartet auf dich und du ... du ... Watz!»

«Ich schäme mich so vor dem Programm.»

Jetzt stand er da und sah schäl aus der Wäsche. Der Präsident machte also nicht mehr so den Eindruck. Hannjokebs Lisbeth wurde bald verrückt. Er sollte doch noch mit ihr singen.

Sie war drauf und dran, alles über den Haufen zu werfen. Aber auf der anderen Seite im großen und ganzen war das alles für die Fassenacht nicht derart schlimm, und sie hatten schon Schlimmeres erlebt, ein besoffener Präses war schon richtig für Karneval und das konnte vielleicht Glück bringen. An Fastnacht durfte schließlich jeder machen, was er wollte und jeder so, wie er konnte. Sie mußten Willi eben so verbrauchen, wie er jetzt war.

Notdürftig stellten sie Willi in die Mitte vom Elferrat und gaben der Musik auf der Bühne ein Zeichen. Im Saal wurde es ganz still. Als die drei Musiker die Hände erhoben und diese wieder runterdonnerten, ging es los. Der NARRHALLAMARSCH. Ach, wie das Dorf den Narrhallamarsch liebt! Er hebt die Herzen, die da wohl geradewegs in den Himmel schießen, die Leute schunkelten und klatschten und konnten keinesfalls den Hintern auf den Bänken lassen, man sah die Hintern, wie sie hin und her schwenkten und auf und ab gingen und wackelten und machten.

Und da schoß Buxeknupp, ohne daß es ihm ein Mensch gesagt hätte, erlaubt oder verboten, die Konfettikanone, und sie zündete und ging los wie die Wildsau, und während die Funkenmaschinchen ihre Stempel herrlich wie Paradepferdchen auftraten und stramm und wunderbar einmarschierten, der Elferrat nach allen Seiten mit flachen, hochgehaltenen Handflächen grüßte, weil sie jetzt wirklich der Gottweißwas waren, wie beim Einzug von Kaiser Wilhelm beim Triumphzug, da regnete es über und über aus einem buntigen Himmel in unzähligen Farben wie ein in abertausend Stücke geschlagener Regenbogen auf alle Leute und den Buxeknupp herunter, der strahlend wie ein Batsch-Eimer dastand und lachte und träumte.

Wie der Elferrat sich in die enge Hurt gequetscht hatte und sich die Knie an den Brettern wund stieß und die Funkenmaschinchen sich links und rechts aufgestellt hatten mit aufgestemmten Händen in den Hüften, da sahen erst mal all die Leute die ganze Bescherung. Willi war die wahre Pracht und rundherum dickvoll besoffen.

«Heee ... -lau.»

«Heelau!» schrie das Dorf außer Rand und Band.

«Hollde ... Nähinnen und Nahallessen ... Wie dem euch geschieht, äh, ... schöne Damen, prächtig geschmückte Damen, also, die andern auch: wir freuen uns ... mächtig.»

Überall, – ein Donnerhall,
in Seewies ist – Kanneval.

«Bravo!» schrien die Leute.

«Wir pegrüßen Sie mit einem ... hällichen Programm.»

«Bravo! großartig, Willi!»

Willi hob die Hand:

«Kannevalslied!!»

Willi wollte sich erleichtert setzen, aber der Elferrat

stellte ihn wieder auf, hakte ihn links und rechts unter und das ganze Dorf ging hoch von den Bänken.

Hinten im Saal kam als letzte stumm Thea hereingehuscht, die aussah, als kriegte sie das Wasser nicht gewärmt. Sie hatte ein schönes Kleid an, ein rotes, aber das war noch nichts gegen das, was sie gleich anziehen würde. Und obwohl ihr das Rot so gut zu Gesicht stand, merkte man doch, daß es die einzige Farbe war, die sie jetzt zu bieten hatte, es war der ganze Saft aus ihr heraus, und für ein rotes Kleid fehlte ihr auf einmal der Pfeffer. Sie schaute aus der Tür heraus, wo man die Bude der Feuerwehrleute sah. Fritz, der Feuerwehrmann, stand vor seinen Würstchen und machte sie träge und lahm warm, jetzt wollte sicher kaum einer eine Wurst, aber dann, wenn das Finale kam, dann würden sie alle herausschießen und sich auf die Wurstbude stürzen und dann, dann hatte er frei und war nicht mehr dran. So konnte er immerhin noch gut das Programm sehen. Vorne im Saal saß auch der Simpel. Er sah stur auf die Bühne und konnte sich nicht freuen. Elvira, die Frau vom Feuerwehrmann, die zu viele Kinder hatte, um irgendwas zu merken, würde früh heimgehen, eben der Kinder wegen, und außerdem war sie schon feiern gewesen am Donnerstag auf dem Altweiberball in Linnen, wo sie herkam. Thea und der Feuermann schauten sich an, und er sah, wie sie sich einhaken ließ und mitgeschunkelt und geschoben wurde, als müßte man es ihr erst beibringen, als ob ihr das alles nicht galt. Sie sangen beide das Karnevalslied und waren so sicher, daß niemand merkte, wie ihre Blicke aneinanderhingen und sich nicht lösten und wenn, dann war es ihnen auch egal. Heute war alles egal, vielmehr, es mußte so sein. Sollten alle alles sehen. Heute war so ein Tag, wo etwas in der Luft lag, wo man sich frank und frei und mit der größten Lust etwas zufügte, wofür man sein ganzes Leben lang büßte.

«Jedes Juhr zur selwe Zeit
es et hej bei uus su weit ...»

Jedes Juhr? fragte Thea mit den Augen.

Jedes Juhr! flüsterte der Feuerwehrmann stumm zurück.

«Jedes Juhr zur selwe Zeit?»

Da hatten die Leute schon weitergesungen. Das alte Lied vom Orgelspieler Alois, der schon lange auf dem Kirchhof lag, der hatte das Lied gemacht und das Lied sangen sie jedes Jahr und singen es noch in hundert Jahren.

«Doo wätt alles Kopp gestallt
en dobei hilft Jung en Alt.
Jeder hilft su gout hee kaa
usrer Fassnicht off de Baa,
denn der schienste Dooch im Juhr
Ihr Leu, dott es doch klur!
Dott es uus Seewiesner Karneval ...»

Wie alle alles gesungen und sich wieder gesetzt hatten, stellten sich die Funkenmaschinchen in die Mitte der

Bühne, denn jetzt kam die Nußknackermusik und die Funken tanzten, was das Zeug hielt, nämlich die Parade, und *die* konnten Beine schmeißen wie sonst keine, das war zackig und hoch gingen die Beine, so hoch, daß sie sich fast das Nasenbein brachen. Rad schlagen, Spagat, alles konnten die. Da waren die lumpigen Röcke wirklich egal, so machten die Funkenmaschinchen den Staat. Das hätten natürlich die aus Steinlochsdorf nicht fertiggebracht oder die Heppensdorfer oder sonstwer, bloß in Seewies, da ruhten sie nicht, bis sie das irgendwie hingekriegt hatten, was sie wollten, und dann war es gut und vorher nicht.

Für die Funkenmaschinchen gab es einen stürmischen Applaus, aber das konnte man in Seewies auch nicht so genau nehmen, denn im Grunde genügte es, daß sich einer da oben hinstellte und irgendwas versuchte, und die Leute klatschten einfach dafür, daß er da war. Jedenfalls mußten die Funkenmaschinchen noch eine Zugabe tanzen und danach mußten sie erst mal runter von der Bühne, weil sie fix und fertig waren. In der Zwischenzeit erzählte Willi einen Witz und versuchte, die Orden zu verteilen. Er hatte aber vergessen, wem er alles einen geben wollte, darum rief er einfach auf die Bühne, wen er sah. Mehlbachs Minna, weil sie in die Mülltonne gefallen war, Kugelblitz, weil er den Schnaps hinter der Bühne bezahlt hatte, den Pfarrer, weil er auch eine Pappnase aufhatte, jeder wurde ordentlich und ausreichend geehrt. Mit einem dreifach donnernden Applaus durften alle mit ihrem Pappendeckel um den Hals herum wieder von der Bühne gehen. In der Zwischenzeit stand Hollefännes schon vor dem Männerpissoir und tanzte auf und ab auf einem Bein. Er hatte sein Körbchen dabei und ein Klemmbrett mit der Rede drauf. Trug seine schwarze Hose und das weiße Hemd, sogar mit einer weißen Weste und einer schwarzen Fliege. Weil das alles aber nicht lustig war, hatte er über die Weste noch Hosenträger gezogen und sich Flicken auf die Hose genäht. Außerdem hatte er sich eine riesige Brille auf die Nase gesetzt und an der Brille hing eine Nase mit Schnurrbart dran. Aus der Hosentasche ließ er ein kariertes Sacktuch hängen. Jetzt war er zum ersten Mal nervös. Jetzt galt es doch. Die ganze Zeit hatte er sich auf den Auftritt gefreut. Nun kam ihm zum ersten Mal der Gedanke, daß seine Rede vielleicht doch nicht gelingen könnte, im Vortrag. Aber dann war alles zu spät. Denn schon stand Willi wieder auf und sagte:

«... freuen wir uns ganz besonders auf den Hollefännes, der einen Zirkus ..., ach was, der, der ist ein lustiger ... KELLNER! Helau. Wolle mern ... roilosse?!»

Na ja, Gott na ja, dachten die Leute. Eigentlich nicht. Aber wenn er schon mal da war. Wir können doch nicht sagen, wir lassen ihn nicht rein. Man kann doch so nicht sein, gegen die Leute. Also schrien mehr oder weniger Leute Jaaaa und damit wurde Hollefännes reingelassen.

Buxeknupp hatte die Bütt mit der großen Eule der Weisheit für den Hollefännes hingerückt, und da stand er jetzt und klappte sein Klemmbrett auf.

Als Kellner Theo bin ich bekannt,
wenn ihr mich ruft, komm ich gerannt!

Jetzt strahlte Hollefännes. Das hatte er doch schon sehr gut gesagt, ohne Stolpern, ohne Holpern, die Leute könnten schon ein wenig mehr klatschen, aber das machte nichts, sie wollten ja schließlich noch mehr hören.

Ich will euch jetzt mal was verzällen,
ein Gast der wollte was bestellen!
Er fragte mich, ganz ohne Flachs,
Kellner Theo: habt ihr Lachs?
Der Lachs, der soll geräuchert sein,
lieber Theo, das wär fein!
Ich sagte, werter Herr, na klar,
der Koch raucht Reval, immerdar,
wie soll der Lachs schon anders sein,
als stark geräuchert, das schmeckt fein.

Tusch.

Auf diese Lachs-Stelle war Hollefännes besonders stolz. Er hatte sie gleich an den Anfang gebaut, weil sie doch sehr lustig war. Er konnte von hier aus sehen, daß die Leute furchtbar lachen mußten. Er fühlte sich großartig und kam in Fahrt. Die Leute klatschten sosolala. Er fühlte sich ermuntert und dann sagte er seine Rede auch ganz fertig auf und strahlte in die Runde. Schließlich rief er sein Helau und nur einmal donnernd.

Willi sagte:

«Großahtig, Hollel-Hollel, Hollefännes! Wir tanken dier aus dem gansen Saal für diese ... Rede! Und mir tanken dem Hollefänns mit einem dreifach tonnernden: Heeee-»

«LAU!!» schrie das Dorf.

«HEEEE-» rief Willi.

«LAU!!» rief das Dorf.

«Und noch einmal: HEEE-»

«LAU!!!»

«NARRHALLAMARSCH!!»

Jetzt beeilten sich die Leute, um aus der Wirtschaft und vom Klo und von der Würstchenbude zurückzukommen. Die Blasmusiker, die sich noch vor der Theke herumgedrückt hatten, mußten jetzt schnell hinaus ins Stübchen, sich fertig umziehen, und als die Funkenmaschinchen mit Hollefännes heruntergestapft kamen, gab es im Flur vor dem Männerklo ein furchtbares Gedränge und Verstopfung. Gleichzeitig war ja auch Willi mit heruntermarschiert, weil er jetzt mit Hannjokebs Lisbeth das Rosi, mei Rosi, du holde Makrele singen sollte. Lisbeth stand im Stübchen und wollte Willi umbringen.

«Dafür mache ich mich verrückt! Renne dir ein halbes Jahr hinterher und dann kannst du das Lied nicht und dann bist du beim Auftritt auch noch besoffen!»

«Du darfst ihn jetzt nicht schimpfen», sagte Thea. «Sei gut zu ihm, dann wird er es können, auch wenn er betrunken ist.»

«So ein Tölpel. So ein Dussel.»

Sie stülpte ihm den Hockerbezug über den Kopf, wikkelte ihm den Bademantel über sein langes, geringeltes Hemd und band ihm noch eine Wärmflasche ins Kreuz. Tonia stürzte noch rasch herbei und malte Willi im Gesicht an. Jetzt waren beide schön, Lisbeth und Willi. Unten warteten ungeduldig die Funkenmaschinchen und im ganzen Saal riefen sie ZU-GABE.

Na ja, und dann war es soweit. Aber was soll einer sagen, sobald Willi oben stand, war er gesund. Es war wie ein Wunder, das Fastnachtswunder. Er faßte sich ans Herz und die Musik klopfte drei Takte und er sah Hannjokebs Lisbeth an, als hätte er niemals auf der Welt eine andere gesehen als seine Einzige, seine Holde, seine Angebetete, und er küßte Lisbeth auch noch die Hand.

Die Leute kreischten. Willi fiel auf die Knie.

«Rosi, mei Rosi, du holde Makrele
wir sind füreinander bestimmt!»

sang Willi dramatisch und leidenschaftlich.

«Mein Ameisebärle, mei Schmurzallerliebster
du pißt wie ein Nilpferd im Wind!»

und dann sangen beide:

«Mir zwaa g'hörn zamm – a Leewe lang
a jed Gewitterwolke zieht amal voran!»

Sie tanzten wild. Es klappte wie ein Lottchen.

«Mir zwaa g'hern zamm,»

«Wieso», sagte Willi. «Wieso kehrn mir zwaa zamm? Ich kehr doch immer allaa zamm und du liegst auf der Couch und trinkst ein Korn nach dem andern!»

«Alfons!» rief Lisbeth. «Du bist eine runde Sache!»
«Rosalia! Ich fahrn kein Rolls-Royce nicht
Ich bin nicht von Adel
Und Redford war ich auch noch nie ...»
«Mei Stinkimaus – Froscherl – mei Ameisebärle
du bist wie ein Nilpferd im Wind!»

Und sie sangen und sangen und drehten sich hin und her und schwenkten vorwärts und rückwärts und drückten sich fest. Es klappte also praktisch alles, das Singen, das Tanzen und außerdem hatte Willi keine Strophe vergessen. Weil Willi und Lisbeth zwei reichlich bekannte Wätze waren, Watz durch und durch, konnten sie auf der Bühne eigentlich machen, was sie wollten. Die Leute würden immer wie toll klatschen. Heute aber erst recht. Sie jubelten ihnen zu und feuerten sie reichlich an, begeistert von ihrem außerordentlichen Duett. Jetzt glaubte auch Willi, daß dies ein hervorragender Punkt war, eine erstklassige Darbietung, daß er wie geschaffen war für eine derartige Sangesrolle, eine Paraderolle für ihn, und deshalb warf er sich zum Schluß unabgesprochen erst recht noch mal auf die Knie vor Lisbeth. Damit war der Glanzauftritt zu Ende und es war wirklich hundert Prozent gewesen. Hundert Prozent. Die Leute brachen sich die Verzierung ab beim Klatschen, um Lisbeth und Willi auch ausreichend genug zu danken für ihr Lied.

Der Elferrat verabschiedete Willi und Hannjokebs Lisbeth mit einem dreifach donnernden Helau und sie gingen runter, rannten ins Stübchen, drückten sich und küßten sich und schlugen sich aufs Kreuz und tranken darauf einen Korn. Alle schlugen ihnen heftig auf das Kreuz, weil sie so gut gewesen waren.

«War das gut?» fragte Willi.

«Das war gut!» schrien alle.

Thea zog den Reißverschluß zu. Es war nichts mehr zu machen. Sie war so schön wie gemalt. Sie war überschön. Dennoch kriegte Willi Angst, als er sie sah. Sie war ja jetzt dran. Keiner wußte doch so recht, wie das werden sollte, keiner hatte bisher begriffen, was sie da wollte, so wenig vorbereitet klang der Auftritt, so unfassenachtig, so wenig bekannt, so absonatig, so wenig hatte sie sich helfen lassen, und so wenig war sie je auf der Bühne gestanden. Es würde genügen, sie stellte sich oben hin und ließ sich bewundern von allen Seiten, das umwerfende Kleid, aber alles andere, alle unvorbereiteten Faxen, die waren für Thea irgendwie ... irgendwie – unwürdig. Alle betrachteten sie in einer Mischung aus ungläubigem Staunen und schwitziger Angst. Willi fühlte sich verantwortlich. Er war ein alter Fassenachter und durfte nicht zulassen, daß Thea sich blamierte. Sie war doch so, na, so beschützenswert. So besonders, irgendwie. Aber sie raffte schon ihre Röcke zusammen, drehte sich behend um und stellte sich zwischen die Funkenmaschinchen vor die Männertoilette. Willi holte ihr wenigstens rasch noch einen Korn, und sie hob ihn hoch und kippte ihn.

«Alles Gute, Thea!» sagte er angstvoll.

«Danke, Willi!»

Der Narrhallamarsch erklang und Thea hielt Einzug. Prächtig schwarz in den rotweißen Mariechen ging sie wie eine Königin. Die konnte vielleicht gehen, die hatte einen Schritt, die lief nicht so daher wie die anderen. Thea, das war was wie Anmut! Die Fassenachter quetschten sich vor die Theke, weil niemand verpassen wollte, was sie da trieb. Das Dorf stellte sich sofort an wie das Volk und der Hofstaat und fing an zu jubeln, als es sie herankommen sah. Als sie oben angelangt war und stumm und schwarz dort stand und glänzte und funkelte und den Kopf nicht drehte, da wurde ihnen allen schwindelig. Das war vielleicht eine Erscheinung. So ein Weib, das gab es nicht noch mal. Das hatte die Welt noch nicht gesehen. Die hätte sogar ins Fernsehen kommen können. Der Simpel war wie erschlagen. Seine eigene Frau. Wie sie da stand. Es kam ihm vor, als hätte er sie überhaupt noch nie gesehen, und sie war ihm fremd, sie war ihm ganz unheimlich. Was hatte er denn da geheiratet. Sie war zu groß, zu leuchtend, zu flirrend. Das konnte er nicht verdauen. Das hatte er ihr austreiben wollen, und jetzt war sie um so schlimmer geworden und stand da vor allen Leuten. Die Leute beruhigten sich auch erst langsam. Jetzt wurde es still und alle waren gespannt.

Thea hob den Arm.

«Verehrte Damen und Herren!»

Das hier waren doch keine Damen und Herren. Hier

waren bloß Mannskerle und Weiber. Der Feuerwehrmann verrenkte sich die Augen. Von der Wurstbude aus war sie eher klein, da oben auf der Bühne, und daß sie schön war und prächtig strahlte, konnte ihn nicht verwundern. Für ihn war sie immer so. Dann kam nichts. Willi hatte es geahnt. Thea stand da wie eingerostet, wie eine gefrorene Vogelscheuche im besten Gewande, und allmählich wurde es so still, weil keiner mehr sich traute, Luft zu holen und sie saßen da, bis ihnen fast die Lungen platzten. Thea sah aus wie nicht ganz beisammen. Jetzt wurde der Simpel wütend. Er wurde so unheimlich wütend. Hatte er es ihr nicht gesagt? Sie war nun mal kein eingefleischter Quatschkopp nicht, und sie taugte nicht für so Geschäfte, jetzt stand sie da und sah blöd aus der Wäsche, aufgeschnatzt bis zum Halse, wie ein Pfingstochse, ein Geschirr um sich herumhängen, er hatte sofort gesagt, sie kann es nicht, das ist nichts für sie, bleib da unten. Er hätte den Saal kurz und klein hauen können. Noch eine Sekunde, dann holte er sie da runter, er würde es schon aus ihr herausschwarten, noch ein einziges Mal auf den Gedanken zu kommen, sich oben hinzustellen, sich irgendwo oben hinzustellen, ohne was zu können und ohne was zu sein.

Aber vielleicht hatte Thea die Wut vom Simpel gespürt. Es war, als hätte man einen Groschen eingeworfen, sie bewegte sich wieder und sprach. Sie fing noch mal an mit den verehrten Damen und Herren.

«Ich bitte Sie ...»

Siezen mußte sie sie auch nicht. «Ich möchte Ihnen

etwas zeigen. Einen Tango. Ja, einen Tango. Ich tanze ihnen den Tango einmal vor.»

Sie bedeutete den drei Musikern zu beginnen. Sie schlugen den Takt an und legten los und schmalzten ordentlich dabei. Thea legte sich schief ins Kreuz und trat nach vorne. Die Leute klatschten übermäßig laut, um davon abzulenken, wie peinlich ihnen das alles eben war. Sie wußten einfach nicht, was Thea wollte, und um witzig zu sein, waren die Schritte nicht blöd genug, um schön zu sein, waren sie nicht gut genug. Sie waren bereit, Thea zuliebe an den richtigen Stellen zu lachen, schwitzten mit ihr und fieberten, aber eigentlich ertrugen sie es nicht, daß sie sich hier wirklich so schrecklich abmühte und nichts zustande brachte.

«Sie sehen, meine Damen und Herren, das war wohl nicht das rechte. Ich benötige Verstärkung, ich brauche einen Mann! Wer wagt es?!»

Aus dieser Not wollte Thea jeder helfen, und alle Männer im Saal meldeten sich. Simpel wollte Thea schon wieder umbringen. Wie konnte sie sich oben hinstellen und sagen: ich brauche einen Mann. Als einziger meldete er sich nicht.

«Nun ...», sagte Thea, «dann bitte ich ... Buxeknupp zu mir auf die Bühne!»

Buxeknupp schritt voller Freude als Ausgewählter auf die Bühne.

«Hallo, Buxeknupp. Paß auf, du stellst dich jetzt hinter mich und machst mir alles nach, gut?»

«Gut.»

Sie spielten den Tango also noch mal und Buxeknupp machte alles nach und da fiel dem ganzen Saal der Angstreif von den Herzen. Jetzt endlich war es witzig. Buxeknupp sah ja so dämlich aus. Begeistert über den dämlichen Buxeknupp und darüber, daß Thea und dem ganzen Saal die Blamage erspart blieb, jubelten ihnen alle zu. Buxeknupp stellte sich vor Erleichterung und aus demütiger Verehrung für Thea noch dreimal blöder an, als er so schon war. Blöd Aussehen war nämlich eine Kunst, es genügte nicht, die Zunge herauszustrecken und zu schielen. Er wußte, wie er blöd aussehen konnte, er holte noch mal alles aus sich heraus auf seine alten Tage, warf albern Hände und Füße um sich, er war schließlich alter Fassenachter, da hatte er noch gottweißwas drauf.

«Und ich bitte den Kugelblitz auf die Bühne!»

Und dann kam der Klumpen. Rudi. Muff. Und Immervoll. Bis Thea genug Kerle um sich herum hatte. Da reihte sie sich ein wie Madonna bei «Diamonds are the girls best friends». Sie trugen Thea sogar. Hoben sie weit über die Köpfe. Das wäre auch beinahe nicht gutgegangen, weil sie das Übergewicht kriegten, da wäre sie beinahe in ihrem Prachtkleid auf die Erde gedonnert, na, jedenfalls war es alles zum Schreien, gottseidank, es war gutgegangen, die Seewiesener prosteten sich zu und begossen den Auftritt mit der goldigen Brühe. Schließlich mußten sie da oben eine Zugabe geben und die alten Kerle waren batschnaß geschwitzt, aber sie machten auch bei der Zugabe mit.

Willi merkte, wie ihm die Knie zitterten. Das machte

er nicht noch mal. Beinahe hätte Thea die Fastnacht in ein Unglück gestürzt. Das ließ er nicht noch mal durchgehen, daß ihm einer auf der Generalprobe nicht klipp und klar vormachte, was er wollte, er hatte sich aufgeregt bis unter das Glöcklein von der Narrenkappe. Er drehte den Kopf und auf einmal sah er Klatschkäs, wie er irgendwo vor der Männertoilette im Schein der sich öffnenden Klotür stand. Klatschkäs hatte seinen alten Kirmeshut auf mit dem Loch in der Krempe. Willi schwankte und schielte vor Aufregung, Erschütterung, Bier und Präsidentschaft. Er wußte, was der Kirmeshut bedeutete. Ihm kamen die Tränen in die Augen. Sein alter Freund Klatschkläs. Endlich war er beruhigt. Ob nun die Tanzweiber samt Blasmusik von der Bühne fielen, das war ihm ganz egal. Wenn nur sein Freund Klatschkäs kam. Willi trottete gemächlich wieder zurück und setzte sich hinter die Hurt, wo er als Präsident ja auch hingehörte.

Im Stübchen tanzten die alten Kerle von Thea weiter und die Tanzweiber standen in den Startlöchern und waren mitsamt der Blasmusik überhaupt nicht mehr sauber im Kopf. Jetzt hatten sie ihren ganzen Ehrgeiz verloren. Es war doch so lustig im Stübchen. Was sollten sie eigentlich noch da oben. Aber die Funkenmaschinchen trieben und trieben, und die Leute hatten schon wunde Finger vom Klatschen, aber natürlich, sie erhielten auch den notwendigen und ordentlichen Applaus.

Wie sie oben standen, besahen Klatschkäs, Immervoll und Buxeknupp sich das Karnevalsballett.

«Wir haben ja doch die schönsten Weiber weit und breit.»

«Ja, wir haben in Seewies die allerschönsten Weiber.»

«Da hast du recht, Immervoll. Die anderen Dörfer haben nicht so schöne Weiber.»

«Noch nie nicht. Die hatten noch nie schöne Weiber.»

«Bei uns ist eine schöner als die andere. Das war schon immer so.»

«Ganz so dürr dürfen sie nämlich nicht sein.»

«Nein, nicht so dürre Geißböcke. Die müssen so richtig schön ... so richtig auch ein bißchen rund sein.»

«Na, so wie die da. Bißchen Farbe dran ... so muß es sein.»

Die Tanzweiber waren also jetzt oben auf der Bühne und Tommi legte die Kassette ein. Alle hatten sich wie vereinbart hinten gegen die Hurt gestellt und nur Ilsebill auf der einen Seite und Mareike an der anderen standen ein wenig davor. Buxeknupp nahm sich vor, gegen Ende des Tanzes noch mal die Konfettikanone zu schießen. Wegen der schönen Weiber und damit die Kanone ordentlich beachtet wurde und zum Einsatz kam. Die Kettenhemdchen und die kurzen Hosen gefielen den Leuten.

«Aber die Schuhe! Seht doch mal, was für schwere Schuhe.»

«Die verunstalten doch das ganze Bein. So schwere Gulpschen.»

«Jetzt tanzen sie wieder auf den englischen Kram.»

«Na ja, wenn sie mal schön die Beine schmeißen, ist es doch egal. Das sind eben so die Fürze von den Jungen.»

«So. So, jetzt geht's los.»

Und sobald die Musik durch den Saal dröhnte, sprangen die Mädchen in die Luft und fingen wüst an, auf das Publikum zuzuhausen, sie stellten die Ellenbogen auswärts und wippten, daß die festgelackten Haare beinahe auseinanderbrachen. Der Tanz, na ja, der war ein wenig fratzig, gelle, aber wie sie da so Arme und Füße und alles durch die Gegend bewegten, sie tanzten ja um Leib und Leben, und so Schritte hatte auch noch keiner gesehen. Gott, die Musik, die brachte einem ja irgendwie den Herzschlag durcheinander. Wer da empfindlich war, dem pochte es ganz verschieden in der Brust, so haute der Rhythmus wie mit dem Teppichklopfer drauf und dröhnte. Aber es war doch schön, wie die jungen Weibsbilder tanzten, wie sie so sprangen, so sprangen vor Lust. Leider trat Verena dann daneben und schoß dermaßen über Carmen drüber, daß beide heftig auf die Bühne klatschten, und damit war die Eleganz im Eimer. Carmen fluchte mit zusammengebissenen Zähnen, Ilsebill tanzte weiter, als hätte sie gar nichts gesehen. Für den erstklassigen Bauchlander erhielten sie einen zusätzlichen Applaus, aber daß die Weiber jetzt danebengestrumpt waren, das hatte ihnen doch an der Ehre gekrotzt. Dafür hatten sie geübt fast das ganze heilige Jahr, oder wenigstens das halbe, dafür hatten sie sich in der Opernhalle den Hintern erfroren und dafür hatten sie hunderttausend Pailletten an ihr Nesselkettenhemd geflickt, damit sie jetzt eine Darbietung brachten, wo die halbe Korona durch die Gegend flog und den Bühnenboden polierte. Hier hielt Buxeknupp den Moment für gekommen, ein zweites Mal die Konfettikanone abzuschießen. Jetzt war sowieso alles zu spät. Die Konfettikanone schoß mit einem derartigen Krawall, daß SNAP! vollkommen übertönt wurde und im Konfettiregen alles vollständig aus dem Takt geriet. Die Tanzweiber blieben orientierungslos stehen. Aber das wiederum war die Stunde des Präses.

«Halt! Helau! Meine holden Närrinnen und Narrhallesen! Hier sahen sie erstmals unser Tanzballett vom Karnevalsclub mit einer Flugnummer! Aaaber, meine Damn und Hänn, wie ich weiß, haben sie außerdem noch einen Tanz und um diesen Tanz bitten wir nun mit einem kräftigen HELAU!»

«HELAU!» schrie der ganze Saal.

Daraufhin klatschten wieder alle und die Mädchen durften sich ein zweites Mal hinstellen. Gott sei Lob und Dank, diesmal klappte aber alles wie am Schnürchen. Jetzt glänzten sie noch mal und warfen auch ordentlich Arme und Beine, und es war alles eine einzige Augenweide und die Musik rappelte einen auch ordentlich wach und alles hatte Schmiß. Das war es, was sie fertiggebracht hatten nach einem dreiviertel Jahr in der Opernhalle, im Spätsommer angefangen, da war das Gras noch nicht gemäht, da wuchsen noch die Rommeln und der Holunder war reif. Auch das mußte ausreichend beklatscht werden, und darum schrien die Leute nach einer Zugabe. Weil die Tanzweiber aber keine Zugabe eingeübt hatten und das mit dem Einsatz von der halben Musik nicht klappte, ließ Tommi die Kassette einfach wieder von Anfang an laufen, und deshalb sahen die Leute den Tanz zweieinhalb Mal. Aber für ein dreiviertel Jahr Üben war es nur recht, daß sich alle alles noch mal anguckten. Zum Schluß kriegten alle noch ein Küßchen vom Elferrat und ein Schnäpschen und die Mädchen sahen sehr beglückt aus, und sie verabschiedeten sich mit einem dreifach donnernden Helau.

Narrhallamarsch!

Der Wirt kam nicht nach mit dem Bierbringen. Seine ganze Verwandtschaft hatte er herbeigeschafft, und sie schleppten körbeweise und tablettweise die vollen Gläser zu den Tischen und es war deshalb so schwierig, weil jeder immer die nächste Runde ausgeben wollte und nicht abwarten konnte, bis die erste Runde ausgetrunken war. Deshalb hatte jeder so zwei, drei angebrochene Biere da stehen und kam gar nicht nach. Aber dann wurde es doch noch mal still, denn jetzt kam nämlich Klatschkäs. Willi kündigte ihn an, bloß weil er ihn gesehen hatte, denn er hatte doch den Hut auf, da mußte er ja kommen.

Die Musik spielte zum achtundzwanzigsten Mal den Narrhallamarsch und Klatschkäs kam richtig mit den Funkenmaschinchen würdevoll und gemessenen Trittes hochmarschiert.

«HELAU!»

«HELAU!» schrie das Dorf.

Etz stiehn eisch hey, eisch aaler Dappes
en verzill' auch lauter Kappes!
Als irschtes mal ganz uhne Witz:
schwetze eisch vum Kugelblitz:
Et woh om Sportplatz, wu da soss,
majo, doo woo vielleicht wott los,
dee Sportplatz stonn ie voller Procht,
se hann sugor en Sau geschlocht.
Om Kopp Gemois, im Maul Zitrone,
diese Sau, die wor net ohne!
Dem Blitz wor alles bisjen späte,
die ganze Festaktivitäte,
hat dorem ganz ungeneijert,
allweil kräftisch viergefeiert.
Drem mußt dee of dem Sportplatz doo,
als allerirschtes of de Kloo.
Doch Kugelblitz wor net allein:
denn hee troff ennerwechs dot Schwein!
Du es hee jo baal geplatzt!
Wä es da offen Säukopp gefaßt?
Kaum hat dee offem Kloo gesäße,
fong hee uh, die Sau uhzefräse.
Du wor hee soot en hot gerülpst
en en Silbwerdeckel druffgestülpst.
Endlich fong die Feier uh:
um Festbankett wor alles fruh,
der Vorstand stonn ie vollem Botz
– houb de Deckel: de Sau wor verkrotzt.
Dee Verein deet furschbor flouche,

wonn de Schuldische um souche –
... mer soch de Kugelbitz, den Sempel,
– beide Ärmel huchgekrempelt,
de Orme brau, bes fast zum Halse:
gewürzt, gepäfert en gesalze!»

Und erzählte von Mehlbachs Minna in der Mülltonne und von Immervoll, der im Klo eingenagelt war. Die Leute liebten es zwar, den Tanzweibern zuzugucken, auch wenn einer sang und einer Witze machte. Aber am meisten liebten sie es, wenn über die Leute geschwätzt wurde und deshalb war die Rede vom Klatschkäs ein mordsmäßiger Erfolg. Mehlbachs Minna saß zwar auf ihrem Platz und war beleidigt, weil sie doch ausdrücklich gebeten hatte, *nicht* in der Büttenrede erwähnt zu werden. Kugelblitz hingegen lachte lauthals und Immervoll war es gewöhnt, er kam jedes Jahr drin vor. Also gab es keinen Ärger. Klatschkäs bekam sein dreifach donnerndes Helau und nun konnte es kaum noch schöner kommen. Sie waren ja alle schon ganz besoffen und auf die Bühne war sowieso niemand nüchtern gekommen.

Jetzt also war die Jazzband an der Reihe. Tommis großer Auftritt. Willi hatte sich mehr oder weniger gefaßt, er war gleichfalls nicht nüchterner geworden, er hatte nur mehr Haltung bewahrt. Sein Blick fiel auf Buxeknupp und da merkte er, daß die Konfettikanone nicht ausreichend gewürdigt worden war. Noch bevor die Musiker Gelegenheit hatten, auf die Bühne zu kommen, kletterte Willi aus der Hurt, stellte die Konfettikanone noch einmal vor und befahl Buxeknupp zu schießen. Die Leute hatten schon das ganze Bier voller Konfetti und es sah aus wie Brause. In der heruntergehenden Konfettiwolke hängte Willi der Kanone einen Orden um. Dann kletterte er wieder auf die Hurt und sagte:

«Holde Nähinnen ... und Nahalessen, kommen wir nun, es kommen JETZT:

Die BROCKEN VON SEEWIES!!! Wolle mer se, hups, ROILOSSE???!»

«So ein Idiot!» flüsterte Tommi. «BROCKEN!» Na, jedenfalls marschierte die Blasmusik jetzt ein unter dem Narrhallamarsch. Astrein sahen sie aus, die Kerle, das mußte man ihnen lassen. Sie waren ja schließlich der Höhepunkt. Die Leute waren jetzt soweit, daß sie von Gott auf Käse sich kaputtlachten über alles.

«AL LIBITUM», sagte Tommi. «AD LIBITUM!»

«Jou.»

Aber mit ihnen war noch jemand gekommen. In einem eng klebenden, knatschorangen Latexkleid, mit einer übermäßigen, riesigen Hochfrisur, wohlgeordnet hochgesteckt und mit langen Strähnen, die an der Wange herunterfielen, mit mächtigen, bunten Ohrringen und einem dick geschminkten Mund, das war Ilsebill. Nicht nur, daß sie optisch die Sensation war, so daß es alle von den Bänken warf, sie strahlte von innen und war so was von selbstbewußt, daß der Technotanz wirklich nur ein seichtes Gehüpfe unter ihrer Würde war. Rudi strahlte über die Überraschung, eigentlich guckte jeder eigentümlich angerührt, mit Besitzerstolz, so, als hätten sie selber was ganz Stranatzes gemacht, so daß sie vor Verwunderung über sich selber das Grinsen nicht verbergen konnten. Die Flügelhörner waren cool drauf, das Tenorhorn besoffen, der Trommler voller Speed, die S-Klarinetten schwankten, alle fühlten sich unerhört und Klasse.

Tommi griff zum Saxophon, hob es in die Luft und in dem Moment, wo er es heruntersausen ließ, fingen alle inbrünstig an zu blasen, zu spielen, zu trommeln, sie feuerten los, legten sich krumm und quer beim Spielen und ließen die Goldketten glitzern. Ilsebill aber fiel sofort in einen Hüftschwung, den hatte in Seewies noch keiner gesehen, den hatte die Welt noch nicht gesehen. Alles war hypnotisiert von Ilsebills ungeheuerlichen Schwüngen, während ihr Körper sich hochschraubte und wie eine sinkende Luftschlange in die Tiefen taumelte. Worauf sie den Takt hielt, war nicht genau zu merken, war ja kein Takt da, nur Rudi konnte sich wieder nicht von den Egerländern lösen und spielte verhalten das Trompetenecho.

«Das ist ja furchtbar!» schrien die Leute.

«Grauenhaft! Wir verlieren ja den Verstand hierbei!»

«Aufhören!»

Das Saxophon stellte sich wieder gefährlich in die Höhe – da hörte das Gekreische schlagartig auf, einen Moment hielt alles inne, dann sangen Tommi und Ilsebill auf das Fädchen genau gemeinsam los: I feel good!

Und gleich sank Ilsebill wieder in die wackelige Angelegenheit ihres gleichförmig pulsierenden Körpers. Jetzt machte das alles der Blasmusik erst wirklich Spaß, sie setzten die Instrumente ab und heulten durch den Saal, sie gerieten in Verzückung und der ganze Saal hatte keine Ahnung, womit die völlig ausgeflippte Blasmusik je wieder gebändigt werden sollte.

«Hör mal, ich will dir mal was sagen. Die haben aber auch schon schöner gespielt.»

«Das ist FREE JAZZ. Da darf man nicht schön spielen. Da spielt man irgendwas. Und das machen sie doch großartig.»

«Katzenmusik. Das hätte ich auch noch fertiggebracht.»

«Aber schön sind sie.»

«Jou. Die sind wirklich schön.»

«Also, das Ilsebill. Heiliger, großer Gott. Ich hätte die wahrhaftig nicht erkannt. Die hüppt ja da rum, so was hab ich noch nicht erlebt.»

«Die hat Musik im Blut. Und Pfeffer im Hintern. Und sonst sah sie immer so verschlafen aus, das konnte keiner ahnen.»

«Das konnte keiner ahnen.»

«Die wirft einen Gaul um, so tanzt die.»

«Die täte doch schon mal schön zu dem Tommi passen. Das wäre doch ein schönes Gespann. Die sind doch alle zwei so ein bißchen bekloppt und da hätten wir die doch schon mal gut unter. Guck mal, guck mal, wie die sich zusammen bewegen!»

«Tatsächlich! Guck mal!! Jetzt tanzen sie auch noch Leib an Leib!»

«Ja! Und als wenn die das wüßten, guck mal, sie gehen zusammen in die Knie und stehen zusammen wieder auf! Obwohl Ü-BER-HAUPT kein Takt da ist!»

«Als wären sie aus einem Stück.»

«Aber bißchen unanständig sieht es auch aus.»

«Na ja, ist ja auch irgendwie ein dreckiger Tanz, also, ein dreckiges Tanzstück. Ist doch schön. Gab es auch alles schon im Fernsehen.»

«Aber wie die sich das trauen! Wie der um die Hüfte packt. Na, so 'ne wackelige Hüfte. Die muß man auch einfangen. Die läßt ja kein Mann so einfach vor der Nase herumtanzen.»

«Der hat gut zugepackt. Guter Griff. So was haben wir hier noch nicht gehabt.»

«Das hätte man ja nicht denken können von der Dicke-Backen-Musik.»

«Nein. Das konnte keiner ahnen.»

«Wieso nennen die sich denn Brocken? Das ist doch ein blöder Name.»

«Und morgen gehen sie wieder alle auf den Kirchhof und spielen aufs Grab. Das sollte man nicht meinen.»

«Nein, das sollte man nicht meinen.»

Jedenfalls waren die Leute jetzt so übergeschnappt, daß man sie nicht mehr stillhalten konnte. Das Ende war gekommen, das große Finale. Noch einmal klatschten alle mit ihren wunden Händen, jubelten jedem einzelnen, der noch mal auf die Bühne schritt, zu, auch dem Hollefännes, und dann standen sie selber auf. Sie stellten sich auf die Tische und Bänke und schunkelten und tanzten.

«Dott es us Seewiesner Karneval
dee es käm rischische Seewiesner faal,
en Aal en Jung es off de Baa ...»

Alles wogte. Alles schwankte. Konfetti regnete in Strömen, es wurde gesungen, bis allen fast das Trommelfell platzte und dann war es lang noch nicht, lang noch nicht, lang noch nicht gut.

HELAU – HELAU – HELAU.

Und noch einmal und noch ein einziges Mal und ein letztes Mal:

NARRHALLAMARSCH!

Dann mußten sie unweigerlich, einer nach dem anderen, von der Bühne herunter und keiner ging gerne, alle wären am liebsten oben geblieben. Aber sie mußten ja doch vorbei. Der Simpel stand starr und schweigend an der Theke und ließ sich vollaufen. Wenn Thea ihm unter die Fuchtel kam, dann würde sie was erleben. Diesmal gab es was. Die sollte ihm bloß heimkommen. Und er betrank sich so ungeheuerlich, daß er zwar sah, wie der Feuerwehrmann auf Thea zuraste, sie in die Arme riß, als sei sie sein eigen, aber das war ihm egal. Er träumte bloß davon, sie in der Nacht noch zu verkloppen und darüber wurde er derartig betrunken, daß der Vetter vom Wirt und der Kugelblitz ihn nehmen mußten und heimschleppten, weil bei ihm einfach kein Halten mehr war. Damit war der Simpel schon mal gut aus den Füßen.

Die Fassenachter landeten erschöpft und batschnaß geschwitzt im Stübchen, krallten sich einer am Hals vom anderen fest und jubelten leise, tranken erschlagen das frisch gezapfte Bier und küßten sich kreuz und quer, jeder jeden, wie es gerade so kam.

«War das gut?!» schrie Klatschkäs.

«DAS WAR GUT!!!»

Die Alten und die Jungen hingen miteinander herum, im Stübchen wie im Saal, und die Wirtschaft war auch geöffnet. Dann ging kein Rad mehr rund.

«Das war die *beste* Prunksitzung, die wir je gesehen haben», sagten die Leute. Dann rannten sie hinaus und warfen die Wurstbude um, weil sie so einen Hunger hatten. Die Musik spielte Rosamunde, Jenny-Jenny, Glück braucht keinen Penny, Adelheid schenk mir einen Gartenzwerg, den Zillertaler Hochzeitsmarsch und als Neuerung: Always look on the bright sight of life und außerdem: Who the fuck is Alice.

Am schlimmsten sah es auf der Toilette aus, da war es so voll, daß die Hälfte gar nicht drankam und nicht mehr einhalten konnte, und deshalb liefen sie hinaus und setzten sich auf die Schossee oder hinters Dornschlengergestrüpp oder pinkelten die gefrorenen Pfützen weich.

Hinten im Saal wurde die Sektbar eröffnet, da war es schön schwummerig und es gab billigen Sekt, und wer da hineingeriet, der kam so bald nicht wieder hinaus. Weil die Seewiesener ja sowieso kein Geld bei sich behalten konnten und alles zum Fenster hinauswarfen, dauerte es immer, bis jeder einen ausgegeben hatte, und jeder gab jedem so viel aus, daß sie es gar nicht trinken konnte. Sie tranken es natürlich trotzdem, und so sahen sie dann auch aus und keiner hatte mehr die Fasson. Die Seewiesener feierten ja Fastnacht nicht, weil man sich dann mit all den Masken verstellen durfte. Sie feierten, um sich gerade *nicht* zu verstellen, und das war der höchste Genuß der Feier, weil sie waren, wie sie waren. Aber sie verstellten sich sowieso das ganze Jahr schon nicht, und deshalb waren sie so glücklich.

Und wie keiner es merkte, hatte Egon von der Musik schon wieder ein paar Takte geklopft, niemand gab acht, bloß Thea, die kannte es gleich, sie starrte Fritz an, der dem Wurstwagen entflohen war, die Arme um Theas Hüfte gelegt hatte und sie zur Tanzfläche schob. Thea hatte das prachtvolle Kleid ausgezogen und trug wieder das rote, nun aber waren ihre Wangen von Sekt und Tanz gewärmt und das blühende Leben war wiedergekommen. Sie tanzten arg und wild und packten sich ziemlich fest, ohne ihre Augen voneinander zu lassen, und sie tanzten weich und einig, dann so rum und dann so rum und dann so rum.

«Es gibt Millionen von Sternen,
tausend Schiffe fahren über die Meere,
Freud und Leid, gibt es zu jeder Zeit,
aber dich, gibt's nur einmal für mich.
Schon der Gedanke, daß ich dich einmal verlieren
könnt,
daß dich ein andrer Mann einmal sein eigen
nennt ...»

Sie drängten sich immer dichter und fester aneinander und umschlangen sich und er flüsterte ihr ins Ohr. «Du warst so schön auf der Bühne! So ... so besonders.»

«War ich nicht vielleicht ein wenig zu ... zu ... zu übertrieben angezogen?»

«Aber Liebchen, ist doch egal, was du anhast. Das können die Leute ja gar nicht sehen, was du anhast, weil du von innen heraus so strahlst.»

«Du sagst mir so schöne Sachen ...»

«Die habe ich mir alle aufgehoben, für dich.»

Neben Thea und dem Feuerwehrmann drehten sich Willi und Hannjokebs Lisbeth, Buxeknupp tanzte mit Mehlbachs Minna, Hollefännes schwenkte Verena von den Tanzweibern, Kugelblitz tanzte mit Helga, Tommi tanzte eng mit Ilsebill. Sie bewegten sich im engen Blues, kreuzten die Knie, griffen ineinander, als wären sie aus einem Stück gegossen. Das war wirklich ein drekkiger Tanz, aber sie konnten ihn, und die anderen konnten ihn nicht. Wo sie tanzten, guckten die Leute zu und fanden das wirklich großartig.

«Du hast *schön* getanzt!» schrie Tommi gegen die Musik an.

«Ich meine, es macht unheimlich Spaß, mit dir zu tanzen, ich meine, wir könnten uns doch so mal treffen ... so ... zum Musikmachen, ... oder zum Tanzen ... oder so ...»

Na ja, und da hat es dann nicht mehr lange gedauert. Es war überfällig. Ilsebill schlang die Arme um seinen Hals, weil es ja inzwischen so war, daß die Weiber die Kerle freien mußten, soweit war es schon gekommen. Die Weiber von Seewies waren alle wild. Dann hat Tommi Ilsebill geküßt, und sie küßten und tanzten außer der Reihe immer vor sich hin, bis sie in der dunklen Sektbar schließlich im schummerigen Licht versanken.

An der Saaltheke stand Schneiderpaula und fing an zu weinen. Jetzt hatte sie zuviel getrunken und kriegte den Moralischen, und das Elend kam aus ihr heraus. Daraufhin kriegten auch Hannferrersch Wilma den Moralischen und Immervoll weinte auch ein paar Tränen. Sie verzählten, was schebbisch gelaufen war in ihrem Leben, und jetzt merkten sie es wieder, und es tat ihnen die ganze Seele weh. Paula weinte in das Hemd vom Vogel-Franz, Wilma heulte in den Anzug vom Hühnerschorsch und Immervoll wurde von tausend Tanzweibern geküßt. Alle verstanden sich sehr auf das

Leid von den anderen, und erst recht nach so vielen Bieren. Sie heulten alle ein wenig zusammen und philosophierten über das Leben und wußten sehr Bescheid.

Immervoll, Klatschkäs und Buxeknupp sahen sich an:

«So. Wir alten Kerle.»

«Wir alten Kerle.»

«Für uns ist es wohl Zeit.»

«Das ist jetzt alles nichts mehr für uns alte Dötze. Das ist jetzt mehr für die Jungen. Unsere Zeit ist herum.»

«Wer voll ist, darf heim. Wer fertig ist, kann gehen.»

«Na, dann wollen wir mal gehen.»

«Jou.»

Und sie verließen den Saal, schwankten durch die Dunkelheit und schauten in den Sternenhimmel.

«Soll ich dir mal was sagen, Buxeknupp?»

«Was denn, Immervoll?»

«*Du* hast *schön* mit der Konfettikanone geschossen.»

«Wirklich? War das gut?»

«*Das* war *gut*», sagten Klatschkäs und Immervoll.

Dann sangen sie:

Allweil gieh mer goonetmie, goonetmie, goonetmie,
allweil gieh mer goonetmie, goonetmie no haam.
Kann off kaanem Baa mie stieh, allweil gieh mer goonetmie, allweil gieh mer goonetmie, goonetmie no haam.

Dann kamen die Funkenmaschinchen und meinten, es sei wirklich nicht so schlimm gewesen mit dem Röckelchen. So häßlich hätte es ja auch nicht ausgesehen und jetzt würden die Kostüme schon über zwanzig Jahre gebraucht und hatten ja so gewissermaßen Tradition, und es haftete was an ihnen. Aber im nächsten Jahr bräuchten sie unbedingt neue Mariechenkleider, denn in dieses hier hätte ihnen eben der Immervoll ein Loch reingebrannt, und dann war es vollgeschüttet mit Bier, und hinten hatten sie sich ein Loch hineingerissen und darum ging es jetzt wirklich nicht mehr, mit dem Kostüm.

Zum Hollefännes sind die Leute auch gegangen, weil es ihnen leid tat, daß sie alle aufs Klo mußten, als er dran war. Sie sagten, er hätte aber auch wirklich eine schöne Rede gemacht und er solle doch nächstes Jahr wieder eine machen. Hollefännes war sehr geschmeichelt und meinte, er wüßte schon was.

Rudi von der Blasmusik sagte zu Tommi, das mit dem Free Jazz sei doch eine sehr gute Idee gewesen. Er hätte ja lieber Hawaii-Mädchen gemacht, aber jetzt fände er das viel besser mit der orangenen Jacke und so, und es wäre so lustig gewesen und ganz was anderes.

Die Flamingos aber spielten weiter und weiter. Sie waren nicht kaputtzukriegen. Ohne die Flamingos wäre die ganze Fassenacht nichts geworden. Sie gehörten dazu wie Konfetti und Helau, wie Korn und Funkenmaschinchen, ohne die Flamingos käme kein Mensch in Stimmung. Man brauchte ihnen nur einen einzigen Ton zu sagen, schon spielten sie die passende Musik, schleuderten ein Stück aus den Ärmeln und nie setzte Norbert einen Tusch an der falschen Stelle. Und Hugo war der wichtigste Trommler weit und breit, er spielte schon seit den fünfziger Jahren. Die Flamingos hatten schon Hunderte und Aberhunderte Weiberbeine springen lassen auf der Bühne, sie konnten alles auswendig. Und Norbert sang so schön.

Das Herz vom Feuerwehrmann hatte das Herz von Thea gefunden, und die Seelen waren schon ganz verstrickt hier auf dem Tanzboden, als alle umher betrunken waren und taten, als hätten sie nichts gesehen. Jeder Mensch braucht ja eine Stunde, in der er was machen darf, von dem niemand was weiß, und trotzdem wünscht er sich, daß alle es sehen und für gut heißen. Wo er was Unerlaubtes macht, um sich wieder ins Gleichgewicht zu bringen, oder um dem Leben mal ordentlich ein Widerwort zu geben, und dafür war der Karneval gut. Er umhüllte und verbarg alles, was nicht sein durfte, gnädig mit Konfetti und übertönte verräterische Geräusche mit Knallern und Trompeten.

Thea wiegte ihre Hüften dem Feuerwehrmann entgegen, und der Rock flog. Sie genoß ihr blindes, sehendes Publikum und ihren rauschenden Brauttanz mit dem echten Prinzen. Der Tanz in der falschen Seide war die einzige Wahrheit.

Fritz und Thea umgab ein Zauber, der so lebendig war, daß sie zweifellos umkommen mußten, wenn er ihnen nach dem Tanz wieder entglitt wie ein schöner Schleier. Daran sind schon viele gestorben. Thea tanzte also um ihr Leben. Eng schlangen sich Haut und Haare, Brust und Arme, Mann und Weib umeinander.

«Am Aschermittwoch,
ist alles vorbei,
die Schwüre von Treue,
sie brechen entzwei.

Von all deinen Küssen,
darf ich nichts mehr wissen
wie schön es auch sei
dann ist alles vorbei.»

Sie hofften, daß die Flamingos sobald noch nicht aufhörten zu spielen, denn danach waren sie unweigerlich gezwungen, den Ort zu verlassen, der sie im Lichte duldete. Die Nacht wurde kürzer von Tanz zu Tanz.

«Wo sollen wir denn hin?» fragte Thea drängend.

«Weiß ich doch nicht!»

«Aber es muß doch was geben!»

«Bei dir zu Hause, der Simpel ist doch besoffen, er hört doch nichts!»

Thea erschrak. Sie wäre gerne mit dem Feuerwehrmann durchgegangen, nach Italien, nach Afrika oder irgendwohin in die Walachei. Aber nicht nach Hause, wenn der Simpel da war, nüchtern oder besoffen. Auch wenn ihre Liebe sich nicht gehörte, so was gehörte sich doch erst recht nicht! Sie war verzweifelt, weil Fritz einen derartigen Vorschlag machte und krallte sich an seinen Armen fest.

«Das geht nicht! Woanders!»

«Im Stall, im Schuppen!»

«Zu kalt!»

«In der Opernhalle, ich habe einen Schlüssel!»

«Da ist die Heizung kaputt, wir werden erfrieren!»

«Dann hier, wir verstecken uns oben an der Treppe!»

«An der Treppe! Im Wirtshaus! Du hast dir gar nichts ausgedacht!»

«Doch, ich habe nachgedacht, aber es ist so schwer. Wenn es nur Sommer wäre. Dann hätten wir überall ein Lager, überall.»

Thea kämpfte verbissen um die letzten Stunden vor dem Aschermittwoch. Fritz sah, wie es ihre Augen trieb und was anstand, wie sie sich quälte. Er wollte sie noch retten und nicht in der Bitternis verlassen, er wollte nicht dastehen wie ein Hannes, wenn sie ihm noch alles verübelte, weil ihm am Ende nichts eingefallen war. Das ging nicht. Auf einmal hörte er die Worte der Wirtin, die zu ihrem Mann sagte, wir müssen gleich das Stübchen abschließen. Da packte er Thea und zerrte sie eilig hinter sich her und schubste sie ins Stübchen. Still verlassen lag es da wie eine Wunderhöhle mit schillernden, glänzenden, zusammengestürzten Bergen von vergessenen Karnevalskleidern, Federboas, Schuhen, Perükken und Kleiderhaken. Eine halbe Flasche Korn fanden sie als Nachtgetränk mit einigen schmutzigen Gläschen dabei. Fritz stürzte sich in männlicher Entschlossenheit mit Thea unter den Biertisch, vor dem die Kleider fast bis auf den Boden herunterbaumelten und da warteten sie ängstlich, bis der Wirt kam, noch einen Blick hineinwarf und dann alles von außen mit einem dicken Schlüssel verschloß. Das Fenster lag nicht so hoch, da konnten sie am Morgen leicht hinausspringen.

Thea lachte und strahlte. So gefiel es ihr. Sie fiel Fritz um den Hals und schwenkte die Flasche Korn, und kaum sahen sie sich an, befreit wie sie waren, da erinnerten sich die Körper aneinander und suchten sich mit Macht. In der glänzenden Faschingsseide fanden sie ein Lager und Thea flüsterte glücklich:

«Wir sehen uns wieder, nicht? Schon bald, schon im Mai!»

«Nein, Thea, das dürfen wir nicht! Jedes Jahr zur selben Zeit, das ist die Regel!»

«Nein, Fritz, in der Liebe gibt es keine Regel ...»

Das wollte sie ihm doch abtrotzen. Daß er im Mai noch wiederkam. Aber sie spürte schon, wie sie verlor. Sie mußte warten bis zum Elften Elften und auch dann konnte sie nicht sicher sein, ob er kam. Aber sie konnte ihn ja holen. Die Liebe würde halten vom Elften Elften bis zum Aschermittwoch. Von Helau zu Helau.

Im gleichen Augenblick wurde sie wieder froh, denn ihr fiel ein, was sie alles gemacht hatte. Das war es ja, was sie gewollt hatte, sie wollte einmal etwas machen. Und wenn sie den Feuerwehrmann ansah, der sie stürmisch immer tiefer in die Tüllröcke schob, wenn sie ihr schwarzes, glänzendes Kleid am Bügel hängen sah, dann wurde ihr klar – sie hatte wirklich etwas gemacht.

Zu Hause indessen, auf einem Stuhl in der Küche, saß volltrunken ihr Simpel und schlief, und er träumte im Schlaf davon, Thea am anderen Morgen recht ordentlich zu verschwarten.

Dann standen noch die Musik an der Theke und die anderen, die den Heimweg nicht finden konnten. Der Wirt hatte endlich seine Familie ins Bett geschickt und harrte tapfer aus, spülte müde etwas ab und fügte sich geduldig, als die Leute nicht aufhören konnten und ihren trunkenen Gesängen frönten. Sie standen wohl noch lange an der Theke. Sie behängten sich mit Luftschlangen und allem, was da so herumlag, und sie küßten sich, und sie liebten sich, und wer da alles wen küßte, das sah niemand mehr, und keiner konnte sich erinnern am nächsten Tag, und wie das alles überhaupt endete, mit einem Helau vielleicht, das weiß keiner genau. So sagten jedenfalls alle, die dabeigewesen waren. Dann kam Aschermittwoch, und:

so schön es auch sei,
– dann ist alles vorbei.